有了一隻鴨子

呂紹澄◎著
那培玄◎圖

名家推薦

楊小雲：（作家）

題材新穎，文字生動活潑，將生活細節以自然、趣味的方式，呈現於情節中，讀來順暢，為一清新雋永之幽默小品。

邱　傑：（作家）

就只是一隻鴨子，竟然可以發展出如此精彩的故事，不能不令人佩服作者的文采超群！整個故事人物不多，劇情也相當單純，卻能讓讀者們在流暢的文筆中感受到無比的趣味，故事的結尾也讓人有一種意外的驚喜。

徐錦成：（高雄應用科技大學文化事業發展系助理教授）

敘事輕快流暢且前後呼應，兼具趣味性與教育意義。這樣的小說看起來很愉快。有些小說為了追求「藝術」而寫得複雜、難讀，本書沒有這種毛病。可說是篇雋永的小品。

目錄

寫在《有了一隻鴨子》之前

從小，我就住在「我家門前有小河，後面有山坡」的鄉下，左鄰右舍，雞犬相聞，守望相助，瀰漫著濃郁的人情味，我就在這樣一個溫馨的農村度過了童年。

當時的農村，家家戶戶都會飼養一些雞、鴨、鵝之類的，童年的我，每天上學之前，總要在房舍左右或是菜園附近張望一下，撿拾早起的蝸牛，交給母親剁成肉醬，當成鴨群的早餐，鴨群吃飽之後，不必我們催促，會自動排成一列，浩浩蕩蕩到河邊玩耍，鴨子是雜食性的，河邊有吃不完的浮萍、水草、小魚蝦，都是很可口的點心。

放學之後，必須匆匆忙忙跑到河邊，把成群的鴨子趕回家，通常這個時候，鴨群已經在河邊玩累了，集合在淺灘的一處轉角休憩，雖然天色已晚，可是鴨群還是像頑皮的小朋友，聽到上課鐘聲還不肯進教室一樣，在淺灘和芒草叢中大玩捉迷藏的遊戲，我拿著長長的竹竿，企圖把鴨群逼上一條回家的石板路上，鴨群總是要跌跌撞撞，忽東忽西，弄得我渾身是汗之後，才肯踏上歸途。

趕鴨子是一門深厚的學問，這條長約兩百公尺的坡道，趕鴨子的速度不能太慢，也不能太快，快慢之間要拿捏得十分準確。太慢，鴨群彷彿蝸牛散步，即使已經吃飽了，也要對石板路兩旁嬌嫩的小草輕啄兩下，耽誤了回「鴨寮」

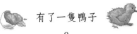

的時間，也影響我做功課，要是在天黑得早的冬天，太陽才剛剛下山，大地迅速被黑夜籠罩，鴨群會在漆黑的夜色裡迷失了方向。

要是趕得太快，鴨群受到驚嚇，會驚慌奔逃到石板路兩旁的雜草叢中，宛如戰敗逃竄的士兵，自相踐踏，要將牠們再度集合起來，排成一列縱隊，其難度之高，就像要剛入國民小學一年級的小朋友，一整節課都乖乖坐在位置上一樣。

其實，這條通往河邊每天都要來回的路，鴨群是認得的，因此，不僅只有「老馬識途」，老鴨也是識途的，只不過回家之後就要被關在窄小髒臭的「鴨寮」，鴨群應該是極其不願的，所以才會東躲西藏，就像小朋友走路放學回家，總要繞過幾條街口，或是在雜貨店、電動玩具店前張望幾下才肯回家一樣。

還是雛鴨的階段，由於默契不足，總是被雛鴨弄得氣急敗壞，直到鴨群慢慢長大，「人」、「鴨」之間逐漸取得共識，趕鴨群上路的工作才得心應手，鴨群看到我拿著竹竿到河邊，清楚的知道是回家的時候了，自動排成一列壯觀的隊伍，在「天上飛鳥成群、地上鴨子成隊」，夕陽映著晚霞，在晚風吹拂之下，一路吹著口哨輕鬆回家。

不過此時此刻，既然已是成鴨，也是鴨群面臨被宰殺的階段，在那個物質生活貧乏的年代，逢年過節宰殺鴨子，是一項驕傲的行為，多數的大人總喜歡在自家門口，大剌剌的拿著傳統的桿秤，一邊秤一邊露出滿足的笑容，向熙來攘往的人群炫燿，鴨子是多少斤兩重。

經過了幾個節氣，成鴨被宰殺得差不多了，又會從市場買回雛鴨，週而復始，童年的時光，就是與鴨群為伍中度過，因此，儘管長大之後，不再飼養鴨子，也鮮有機會再見到活生生的鴨群，但是每一次經過燒鴨店，看見一隻隻鴨子被烤成黃褐色，懸掛在店門口，腦海中都會浮起當年在石板路上搖搖晃晃的鴨群。

由於時代變遷，時至今日，即使是在傳統的鄉下農家，也很少有人飼養鴨群，一來飼養雞鴨已走向大規模企業化，市場充分供應；二來飼養家禽的糞便，會帶來汙染，不再是農村的副業，很多小朋友連鴨與鵝都分不清楚，遑論白鴨和紅面番鴨。

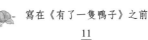

我一直對雞、鴨有好感，當然是源溯於童年的經驗，我一直認為，雞、鴨都應該活蹦亂跳的飼養在山坡、河邊或池塘，是人類的好朋友，而不是關在窄小的「雞舍」、「鴨寮」，過著暗無天日的生活。

改變一下心境，以比較輕鬆的語調撰寫《有了一隻鴨子》，假如能讓小朋友對鴨子多一些認識，或是看了以後能會心一笑，就不枉費我夜晚面對電腦的孤寂。

感謝九歌文教基金會主辦「現代少兒文學獎」，為兒童文學樹立標竿，感謝評審的青睞，為我戴上桂冠，第一名的感覺真好！

馬景賢先生經常給予督促指導，杜文正主任、魏青蓮主任為拙作校稿、潤飾、好友的殷殷期盼，在此一並致謝。

呂紹澄　寫於二〇〇四年五月

1

紅面番鴨

這是一個令人印象深刻的星期天。

大早，還在睡夢中，就傳來一陣敲門聲，仔細一聽，原來是住在隔壁的金水婆婆在嚷嚷，趕緊一骨碌爬起來。

金水婆婆雖然說是我們的「鄰居」，可是也相隔一條馬路，兩塊水田、一座果園，大約有兩百公尺。

「你爸爸呢？」

金水婆婆懷裡抱著一隻體型壯碩的鴨子，鴨子的眼睛顯得炯炯有神，還不時搖頭晃腦，好像對這個環境十分好奇。

「可能出門去了，我也沒有看到。」我揉揉惺忪的睡眼。

「我要到美國住一段時間，我的兒子在那邊工作，也買了房子。」

「喔。」

我隨口應了一聲，心裡頭卻在想：這件事跟我有什麼關係？跟鴨子又有什麼關係？金水婆婆說話的時候，懷裡抱著的鴨子不停地嘎嘎叫著。

「房子裡頭已經沒有值錢的東西，只剩這隻鴨子，跟你爸爸說一

聲，鴨子就託他照顧一段時間。」

「一段時間？是多久？」

「不一定，兒子要我在美國住上一年半載，幫忙照顧孫子，唉！美國那個地方，吃的、用的都不一樣，話又不通，一個朋友也沒有，假如住不慣，十天半月就會回來。」

「好吧！等爸爸回來我會跟他講，可是……」我說：「鴨子要養在什麼地方？吃什麼？」

「你們家不是有一口池塘嗎？讓牠在池塘裡快活就好了，天黑以後，隨便樹下、草叢都可以過夜，至於吃的嘛……」金水婆婆想了一下說：「田裡的番薯葉，泥土裡的蚯蚓、池塘的水草、魚蝦，都可以吃，餓不死的，我要去搭飛機了，再見囉！」

金水婆婆說完就把鴨子塞到我手裡，那真是用「塞」的，因為她根本不管我是否同意。

「對了！」金水婆婆走了幾步又回過頭，大聲的說：「我家鴨寮那邊還有幾包飼料，不過散了一地，叫你爸爸過來拿的時候，記得帶幾個塑膠袋來裝。」

我沒有搞懂她的意思，等我回過神，金水婆婆已經走遠了，鴨子還在我手上不停的嘎嘎叫，沉甸甸的，好大的一隻鴨子。

鴨子的羽毛是黑褐色的，亮晶晶，額頭和臉頰上還有紅色的肉疣，一看就知道是電視上常常介紹，製作「薑母鴨」的紅面番鴨，看起來十分健康。

等金水婆婆走遠了，爸爸才載著妹妹買早餐回來，看見我手上的紅面番鴨，兩人都覺得很納悶，我只好把事情的經過從頭講一遍。

最後我說：「爸爸！你有了一隻鴨子以後，可有得忙了。」

「你確定鴨子是『給』我們的？」妹妹問。

「不是『給』。」我說：「是『託』我們保管，等金水婆婆從美國回來，鴨子要還給她。」

我故意把「給」和「託」說得很大聲，擔心他們弄錯了意思。

「這不是重點。」爸爸說：「鴨子是你接下來的，現在也還在你手裡，所以不是『爸爸』有了一隻鴨子，重點是『你』有了一隻鴨子。」

「金水婆婆說是請爸爸幫忙照顧，沒有提到我。」

「金水婆婆怎麼說？我可沒有聽到，都是你自己的片面之詞。」

「我才不管咧。」我說：「我每天都要上學、做一大堆功課，哪有時間照顧鴨子？」

「鴨子一直都在你手裡，你就得照顧鴨子。」

「鴨子給你。」

我把鴨子交給爸爸，爸爸卻連退好幾步，不肯接下鴨子。

我想把鴨子交給妹妹，她躲得更快，一邊躲一邊說：「誰要髒兮兮的鴨子，自己闖下的禍自己負責。」

「我也不要這隻鴨子，讓牠自生自滅好了。」

我把鴨子往地上一放，鴨子跌跌撞撞的摔在地上，這時我才發現鴨子的雙腳被一根麻繩綁著，難怪被我抱在懷裡的時候，還滿安分的，沒有亂動。

我不忍心，又把鴨子抱回懷裡。

「這樣好了，既然大龍已經答應金水婆婆。」爸爸習慣性摸摸他長滿鬍渣的下巴，想了一下說：「不是爸爸有了一隻鴨子，也不是你有了一隻鴨子，而是我們三人共同有了一隻鴨子。」

「關我什麼事？」妹妹嘟起小嘴，臭著臉孔說：「我五歲的時候，爸爸就答應買小狗給我當生日禮物，現在我已經七歲了，連小狗的影子都沒有看到，現在突然又多了一隻鴨子，我才不要。」

「我們不是勾過手指嗎？」爸爸說：「我們三人是有福同享，有難同當。」

「對！就是這樣。」我說。

妹妹這時才不情願的閉上嘴巴。

自從媽媽過世之後，我們三人可以說是「生命共同體」，相依為命，我們曾經約定過，只要有人提出「有福同享，有難同當」這八個字，一切的爭論就畫下句點，共同承擔所有的事情。

我們一起住在鄉下的一間老舊三合院，這裡有山有水、有小溪、有池塘，還有濃濃的人情味，我很喜歡這樣的環境。可是人口太簡單了，覺得有點孤單、寂寞，爸爸上班，我和妹妹在附近的小學讀書，生活平淡得像一杯白開水。

可是有了這隻鴨子以後，就完全不同了。

2 一號小船

我把鴨子腳上的繩子解開，小心地放在池塘邊，鴨子欣喜若狂的往池塘中間游過去，那姿勢美極了，還不停地左右張望，似乎在認識新環境。

「你確定鴨子不會淹死嗎？」妹妹偏著頭，一臉狐疑的問。

妹妹才唸小學二年級，每天都有一大堆問不完的問題，我都快被煩死了。

「應該不會吧！」我說。

「什麼叫『應該』？」

「書上都這麼寫的呀！」

「寫什麼？」

「哎呀！我怎麼會有妳這個妹妹？」我抓抓頭皮：「書上都這麼

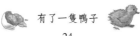

寫，雞不會游泳，可是鴨子會游泳。」

「可是我沒有問你雞會不會游泳？」

「我只是打個比方，拿兩種不同的動物做比方。」

「比方是什麼意思？」妹妹又有新的問題。

「比方的意思就是……我不知道該如何向妳解釋。」

我真的不知道如何才能說清楚。

「你不知道『比方』是什麼意思，為什要說『比方』？」

「我當然知道它的意思，可是很難解釋，因為妳才二年級，等妳長大了就會知道。」

「等到幾年級的時候？」

「我怎麼知道妳幾年級才會懂這個詞？」我被問煩了，就沒好氣

地說：「妳一直這樣問下去，我會瘋掉。」

「瘋掉會怎樣？」

「瘋掉以後，我會跳進池塘裡。」

「那你不要瘋掉。」

妹妹聽說我要跳進池塘，只好暫時打住，可是我知道那只是「暫時性」的，撐不了多久。

鴨子在池塘繞了一圈又一圈，似乎很滿意這個新環境，池塘也掀起一波又一波的漣漪，在池塘周圍不停的散開，真是一幅美麗的圖畫。

過不了幾分鐘，妹妹的問題又來了。

「我不問你『比方』是什麼意思。」妹妹抿著嘴，想了一下說：

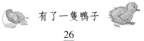

「你剛才拿雞和鴨子做比方，可是你為什麼不拿蛇和鴨子做比方？」

「蛇？差太遠了吧？」

「多遠？」妹妹又問了一句。

我卻在想，幸好沒有問所謂的「太遠」是幾公尺？

「鴨子有羽毛、有腳，蛇什麼都沒有。」

「天空中飛來飛去的鳥都有羽毛，也有腳，你為什麼不拿鳥做比方？」

「雞和鴨子都是家禽，經常被人飼養，哪裡有人養鳥？」

「你亂講。」妹妹突然提高了聲調，「我同學的爸爸就養了很多鴿子，鴿子也是鳥。」

我知道說錯話了，妹妹可是得理不饒人，我經常躲她像躲瘟疫一樣，可是她是我唯一的妹妹，不理她都不行。

「我認輸。」我說：「拿雞和鴨子做比方，只是隨便找的。」

「可是你還沒回答我的問題。」

「什麼問題？」

「鴨子會不會淹死？」

「不會！」

「確定？」

「確定！」

這時妹妹才滿意的點點頭，我也鬆了一口氣。

已經九點鐘了，太陽高掛在天空，曬得我頭皮發麻，池塘邊有一棵高大的龍眼樹，才剛坐下來乘涼，妹妹又有問題了。

「哥！你會不會游泳？」

「不會。」

「鴨子為什麼會游泳？」

「天生的。」

「那你天生為什麼不會游泳？」

「鴨子的腳掌有蹼。」我把腳丫子伸出來讓她看，「我的腳掌沒有蹼，所以不會游泳。」

「會游泳的人，腳上都有蹼嗎？」

「當然不是。」我已經有點生氣了，「那是因為他們有去練習，就像妳練習彈鋼琴、練習溜冰一樣。」

「鴨子學會游泳，需要練習嗎？」

「當然不需要，妳一直這樣問下去，我真的會瘋掉。」

「其實我早知道你不會游泳。」

「那又何必問？」

這時妹妹突然提高了聲調，「鴨子會游泳，你不會游泳，我看你怎麼把鴨子抓回來？」

這下子換我傻眼了，對呀！鴨子在池塘中央玩得正興起，根本沒有靠岸的意思，難道就這樣一直讓牠自由活動嗎？

「你有辦法嗎？」妹妹問。

「沒有。」我搖搖頭。

「我有辦法。」

「妳有什麼辦法？」

「天黑以後牠就會回來。」

「這算哪門子的辦法？」

「不過還要有一個家才行。」妹妹說得煞有介事，「你幫鴨子做一個家，裡面放一點鴨子吃的飼料，這樣鴨子游累了就會回家。」

「可是我不會做鴨子的家。」

「爸爸應該會做。」

「對！」我說：「爸爸有了這隻鴨子以後，應該負起飼養牠的責任。」

爸爸正在廚房做午餐，父兼母職，其實爸爸做得一手好菜，只是「拿手好菜」就那麼幾樣，三天以後就重複了，不過我們從來不敢挑剔。

「爸爸！」妹妹首先發難，大聲的說：「我認為應該給鴨子做一個家。」

「什麼家？」

爸爸顯得心不在焉。

「就是鴨子住的房子，正確的說應該叫『鴨寮』吧！晚上至少有地方可以住。」我趕緊補充說明。

「太麻煩了吧！我們又不是養鴨人家，只不過受人之託，代管一隻鴨子，十天半月鴨子就要還給金水婆婆了。」

「金水婆婆說，也有可能在美國住上一年半載。」

「不可能的，她不會說英語，到了美國之後，就像啞巴一樣，搞不好三、五天就跑回來。」

「爸爸！」我說：「金水婆婆去的是美國哩，哪有可能三、五天就回來？我們不是常常這樣說嗎？受人之託，忠人之事，即使是三、五天，也應該好好照顧。」

妹妹拉著爸爸的褲管，撒嬌的說：「你就答應給鴨子做一個家嘛。」

「你們也真是夠煩的。」爸爸停下炒菜的動作，想了一下說：「這樣吧！要是金水婆婆過了一個星期都沒有回來，我就替鴨子做一個家。」

「爸爸萬歲！」妹妹高興得直拍手。

一個早上就被這隻鴨子弄得團團轉，正想鬆口氣，妹妹又扯著我的衣角。

「哥——」

「又怎麼啦？」

「你是不是覺得我們應該給鴨子取一個名字？」

「剛開始妳好像對鴨子不感興趣，還跟爸爸講生日禮物要小狗的事情，現在怎麼突然轉向？」

「因為鴨子游泳的姿勢很漂亮，好像一艘船。」

「那妳就叫牠『小船』好了。」

「『小船』！好美的名字，哥！我們去看『小船』。」

「小船」好像對這個池塘很滿意，在池塘四周轉上轉下，尤其是池塘的東北角長滿了布袋蓮，還有許多浮萍和水草，更是讓「小船」

流連忘返，我們都相信「小船」很喜歡這個新家，而且深信不疑。

這天晚上，我一直擔心還沒有家的「小船」，要在哪裡過夜？

3

大吃一「斤」

第二天一大早醒來，妹妹跟我一樣，急急的想去看「小船」，才一開門，就看見「小船」站在大門外，門口有好幾堆大便。

「哇！好多大便！臭死了。」

妹妹發出一連串的尖叫，「小船」卻若無其事的四處閒逛，爸爸聽到尖叫聲，也跑出來看，眼見好幾堆的糞便，也傻了眼。

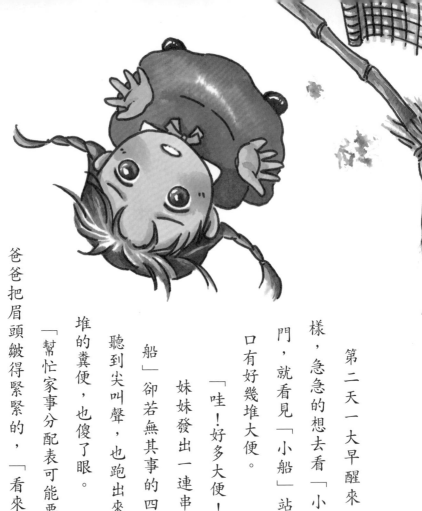

「幫忙家事分配表可能要重新調整。」

爸爸把眉頭皺得緊緊的，「看來清掃鴨子糞便的工作，交給你們兩位最適當，哥哥負責星期一、三、五、日，妹妹負責星期二、四、六。」

「不公平，爸爸怎麼沒有分配？」妹妹馬上提出抗議。

「爸爸的工作是督導。」爸爸說。

「哥——」妹妹睜大眼睛問我：「督導是什麼意思？」

「不知道。」我說：「大概像學校的督學一樣吧！」

「督學又是什麼意思？」

「在學校的時候，每次有督學來，校長都會事先叫我們大掃除，然後很客氣的在校園陪他散步。」

「那跟我們掃鴨子的糞便有什麼關係？」

「沒有關係。」

「既然沒有關係，為什麼要說到『督學』？」

「因為妳問我『督導』是什麼意思？」

「我有問你『督導』是什麼意思？可是『督學』是你先講出來的。」

「妳這樣一直問下去我會瘋掉。」

「瘋掉會怎樣？」

「我瘋掉以後，鴨子的糞便每天都是妳掃。」

「那你不要瘋掉。」

「好，把嘴巴閉上，我們開始掃糞便，不要分星期幾，每天都是兩個人一起掃。」

「對！這樣最公平。」

我們花了十幾分鐘才把糞便清理乾淨，看來妹妹對這隻鴨子「小船」還滿有好感，不然不會甘心捏著鼻子掃糞便。

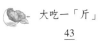

從那天以後，每天放學回家，把書包一丟，第一件事就是找「小船」，看牠優游自在地在池塘中嬉戲，在夕陽的餘暉中顯得有些孤單，爸爸到街上買回來一大袋飼料，我們把飼料裝在塑膠盆裡，「小船」吃得很斯文，不會狼吞虎嚥，可能是因為沒有別的鴨子跟牠競

爭。

「小船」不會怕生，我們把牠抱在懷裡，牠也不會掙扎，我們還可以感覺到牠光滑的羽毛，溫熱的體溫，以及「吼吼！吼吼！」急促的呼吸聲，有時也會「嘎嘎！嘎嘎！」的叫幾聲，「小船」成了我和妹妹的寵物。

唯一讓我們覺得討厭的是，「小船」會跑到庭院大便，爸爸就會大聲嚷叫，要我們趕快掃乾淨，還要用水沖洗。

這天到了學校以後，突然聽到訓導主任廣播的聲音：「六年梅班姜大龍請趕快到訓導處。」

訓導主任每天都板著一張臉，好像每個人都欠他幾百萬一樣，同學們背地裡都叫他「閻羅王」，被他找上準沒好事，透過廣播系統，聲音尤其淒厲，我提心吊膽的跑過去，後面跟了一群看熱鬧的好事之徒。

「報告！」我囁嚅的說。

「你最近有沒有做壞事？」「閻羅王」一邊揮舞著「愛心小手」一邊說。

「愛心小手」就是一根塑膠做的小手，我們的老師也有一隻，有客人來參觀的時候，「愛心小手」就是教具，等客人一走，「愛心小手」就會落在我們的手心或屁股上。

「沒有。」

「真的沒有？」

「沒有。」

「有沒有偷過別人的東西？」

「沒有。」

「確定沒有？」

「沒有。」我堅定的回答，因為我們家雖然並不富有，可是不缺吃的，也不缺穿的，我從來不會想到去偷別人的東西。

「你妹妹會不會故意害你？」

「不會。」

「可是你妹妹說你偷別人的東西。」

「我妹妹？」我想了一下，再一次堅定的說：「不可能。」

「真的，妳妹妹寫日記告狀，說你偷了別人的東西。」

「不可能。」

這時我也可以感覺到，辦公室其他的老師都盯著我看，好像一場好戲就要上場了，因為一位平常循規蹈矩的好學生，被叫到訓導處審問。

「你想想看，你最近偷了什麼東西？」

「我什麼也沒有偷，我從來不做這種事。」

「那你家裡最近有沒有多了一樣東西？」

我想了一下，還是搖搖頭，想不出曾經偷過什麼東西？

「我拿證據給你看，到時可別怪你的妹妹不顧兄妹之情，告你一狀。」

「不可能。」

「不可能？」

「閻羅王」冷笑一聲，隨即拿出一本日記簿，那本日記簿正是妹妹的，「閻羅王」很小心地翻開來，用報紙遮住其餘的部分，只露出第一行。

哥哥今天ㄊㄡ了一隻ㄧㄚ子回來，所以我的ㄔㄨㄥˇ物就是ㄧㄚ子。

我一看就知道又是妹妹的傑作，因為她有些話是省略的講，再加上才二年級，認識的語詞不多，才會產生誤會。

「確實家裡多了一隻鴨子，不過是鄰居要出國，『託』我們照顧，是『託』，拜託的『託』，不是『偷』。」

這時辦公室掀起一陣爆笑，連「閻羅王」都忍不住笑出來。

「真的是這樣嗎？」

「當然是這樣，妹妹才二年級，認識的字不多，她的意思是有鄰居『託』我們照顧一隻鴨子，不是『偷』。」

「我了解了，不過後面還有更爆笑的，你自己看吧！」

辦公室又掀起一陣帶有詭異氣氛的笑聲，顯然他們都已經看過這篇日記。

「把日記簿帶回去給你妹妹，沒事了，你可以回去了。」

離開辦公室以後，同學們都圍著我問，到底發生了什麼事？我手裡捏著妹妹的日記簿，淡淡地說：「妹妹的日記簿忘了帶回家，老師要我帶回去給她。」

因為妹妹只有二年級，除了星期一以外，中午吃過飯就放學，東西忘了帶回去，是稀鬆平常的事情，同學們都不會懷疑。

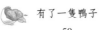

回到家裡以後，迫不及待，想看看妹妹的日記，到底寫些什麼玩意兒，會讓老師們爆笑？剛好爸爸也在家，我把這件事情告訴爸爸，爸爸也很好奇，我們就趁妹妹在寫其他的作業時，一起偷偷欣賞這篇

日記。

哥哥今天ㄊㄡ了一隻ㄧㄚ子回來，所以我的ㄔㄨㄥˇ物就是ㄧㄚ子。ㄧㄚ子的羽毛是ㄏㄟ色的，ㄧㄚ子的頭ㄉㄧㄥˇ上是紅色的，ㄧㄚ子的ㄐㄧㄠˇ是黃色的，ㄧㄚ子高ㄒㄧㄥˋ的時候ㄍㄚㄍㄚ叫，生氣的時候也是ㄍㄚㄍㄚ叫，因為牠沒有朋友，所以每天ㄍㄚㄍㄚ叫，我很想ㄅㄤ牠找一個朋友。

早上起床以ㄏㄡˋ，ㄈㄚ現門口有一ㄉㄨㄟㄧㄚ子的大便，我看到以ㄏㄡˋ吃了一斤，哥哥看到以ㄏㄡˋ也吃了一斤，爸爸看到以ㄏㄡˋ也吃了一斤。

ㄧㄚ子還會ㄧㄡˊㄩㄥˇ，哥哥說ㄧㄚ子不會ㄧㄢ死，這ㄧㄤˋ我就放心

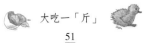

了。

老師用紅筆把吃了一「斤」的「斤」圈起來，後面的評語是「妳們全家一共吃了三斤」。

爸爸皺著眉頭說：「妹妹的文章寫得真不錯，只不過把吃了一驚的『驚』字寫錯了，老師寫這樣的評語未免太惡毒了吧。」

「是呀！讓別人以為，我們把鴨子的糞便當飯吃。」我說：「另外更可怕的是，訓導主任還以為我真的偷了一隻鴨子。」

「我明天要到學校一趟，把這件事告訴校長，老師怎麼可以寫這樣的評語？起碼也要寫個流利、通順之類的。」

「還是別去的好。」我說。

「為什麼？」

「事情越鬧越大，我會變成學校的風雲人物，我可不想出名。」

我想了一下又說：「換一個角度來看，其實，老師也是非常幽默。」

「說的也是。」爸爸點點頭，「明天再看吧！」

第二天爸爸終究還是沒有到學校，妹妹也始終不知道一篇日記，差點掀起軒然大波。

4

鴨子失蹤

今天是星期六，距離金水婆婆把鴨子託我們照顧，剛好一個星期，一大早就聽見敲敲打打的聲音，從窗口望出去，原來爸爸遵守前幾天的承諾，正在為「小船」建一座鴨寮，我趕緊吃完一個肉包、一碗豆漿，想去幫爸爸的忙。

爸爸正在搭建鴨寮，在池塘旁邊先樹立四根木樁，再把木板當成圍籬，釘在樑柱上，一座簡易的鴨寮就快完成了。

「鴨子好像不見了。」

「不會吧！」我說：「這

幾天『小船』沒有出現任何異狀。」

「你到池塘四周找找看，說不定躲在草叢裡。」

「好吧！」

我和妹妹幾乎把池塘四周的草叢都翻過來了，就是沒有「小船」的蹤跡，這時我才突然想起，早上庭院沒有鴨子的大便，這是一個反常的現象，證明鴨子確實不見了，而且早在昨天晚上就不見了，不然院子裡一

定有「小船」的大便。

「怎麼辦呢？」妹妹急得都快哭出來了。

「說不定只是一時走失了，別哭！別哭！」

我只好盡量安慰她，事實上我的一顆心也七上八下。

爸爸把鴨子的家，也就是鴨寮建好以後，也跟著我們一起找「小船」，可是一直到傍晚，都沒有見到「小船」的蹤跡，我們又向經過的路人打聽，有沒有看到一隻走失的紅面番鴨？可是每一個人都是搖搖頭。

「這下可有趣了。」爸爸說：「沒有建鴨寮的時候，一切都好好的，鴨寮建好了，鴨子卻不見了。」

「有趣？」我說：「假如金水婆婆這兩天從美國回來，拿什麼還給人家？」

「鴨子當初是交給你，不是交給我，你得想辦法把鴨子找回來。」爸爸急急的揮揮手說：「不關我的事，不關我的事。」

「爸爸！你怎麼可以這樣？」妹妹為我仗義執言，「你一定要負責把鴨子找回來，有福同享，有難同當。」

「對！這件事就交由爸爸負責。」我說。

「我負什麼責呀？」爸爸一臉的無辜，「鴨子也許被人抓走，現在可能成了一鍋薑母鴨，祭了五臟廟，我到哪裡去找？」

「嗚……嗚……」

妹妹聽到爸爸這麼一說，急得嚎啕大哭，爸爸只好一直安慰她。

「我擔心金水婆婆這幾天回來怎麼辦？拿什麼還給人家？」我

說。

「這才是重點。」爸爸說：「連一隻鴨子都照顧不好，傳揚出去的話，唉！真是丟臉。」

「我看再找個一兩天，假如還是找不到，乾脆買一隻同樣的紅面番鴨回來，反正都是鴨子，外形差不多，金水婆婆不會知道的。」我說。

「唔。」爸爸習慣性摸摸他長滿鬍渣的下巴，「這倒是一個辦法，不過，基於誠信原則，到時還是要跟金水婆婆說明白、講清楚。」

「對！」一把鼻涕一把眼淚的妹妹說：「說不定金水婆婆一高興，把鴨子送給我們也說不定。」

「這樣吧！」爸爸說：「我們一方面繼續找尋鴨子，一方面也做最壞的打算，重新買過一隻紅面番鴨。」

「到哪裡去買呀？這種紅面番鴨很少見的。」

「我會向朋友打聽，你也上網查查看，全省各地應該都有人在大量飼養紅面番鴨。」

一轉眼就過了三、四天，雖然我們找遍池塘四周，不要說「小船」的影子，連鴨子的大便也沒有看見一坨，證明「小船」不在這附近，恐怕真的成了人們桌上的佳餚。

幾天以後，爸爸已經打聽出雲林有一座養鴨場，大規模飼養紅面番鴨，爸爸和對方通過電話之後，決定帶著我們跑一趟，看看是否能買到紅面番鴨？

5

走訪雲林

車子奔馳在筆直的高速公路上，開了好久好久，終於到了雲林縣，下了高速公路，轉進一條蜿蜒的鄉村道路，我和妹妹的心情都很興奮，希望能買到模樣類似的紅面番鴨。

當我們停好車之後，卻被眼前的景象嚇壞了，養鴨場有好幾座鴨寮，兩口池塘，還有成千上萬隻白色的鴨子，像浮動的白雲，或者說像水一樣，在主人的吆喝下，潮湧過來、潮湧過去，讓我們看得目瞪口呆。

我們從來都不曾一次看到那麼多的鴨子，雖然說

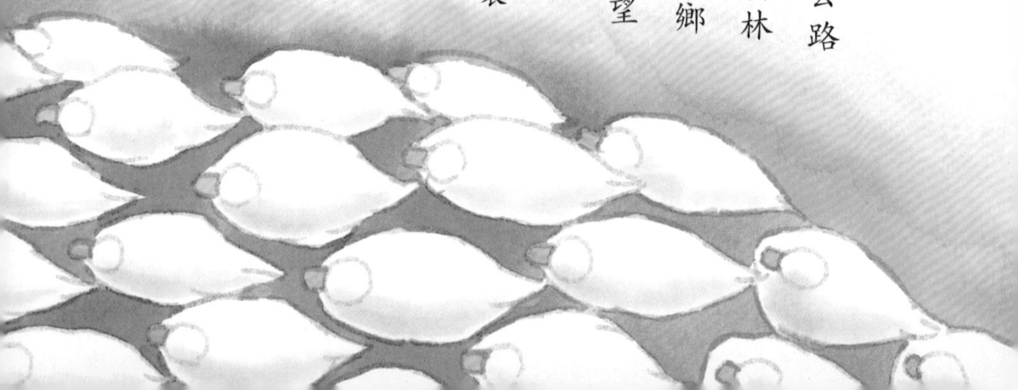

「數大就是美」，可是實在太龐大了，多得讓我們有一種莫名的壓迫感。

不過這種鴨子全身都是白色的，有一部分是灰灰的顏色，和我們所需要的紅面番鴨完全不同品種，也讓我們有些洩氣。

趕鴨子的是一位身材嬌小的

女主人，戴著一頂用手帕包裹著的大型斗笠，穿著像雨衣似的長褲，把鴨群趕進一口池塘以後，才過來招呼我們。

「嗨！讓你們久等了。」

大型斗笠遮住了她的臉龐，我根本看不出她的年紀，只是從她的音調中，聽得出南部人的熱情。

「冒昧打擾妳，真不好意思。」爸爸眼皮下垂，盯著自己的雙手，不自覺的搓動著，顯得有點不自在，「我第一次……第一次看到那麼多的鴨子。」

「還好啦，這還不是最多的時候。」女主人一邊說一邊摘下大型斗笠，還用一隻手整理一下略顯塌陷變形的頭髮，這時我才看清楚她的臉，大大的眼睛，淺淺的酒渦，比我想像中要年輕多了。

「不過我們要的不是這種鴨子。」爸爸一邊說一邊比手畫腳，那樣子有點滑稽，「我記得在電話中有跟妳提過，我要的是紅面番鴨，黑色的羽毛，頭頂和臉頰有紅色肉疣的那種。」

爸爸今天穿得很邋遢，一條陳舊的牛仔褲，褲腳還長滿鬚鬚，白底泛黃的罩衫，蓬亂的頭髮，滿臉沒有刮乾淨的鬍子，讓他看起來有一點老氣，站在年輕女主人面前，顯得有點不安。

「我知道，你們要買的是紅面番鴨。」女主人舉起右手，用袖口揩拭額頭上的汗水，「而且你只要買一隻，一隻就好。」

「對！一隻就好。」

爸爸顯得有點不好意思。

「我的印象十分深刻，不會搞錯的。」女主人說：「來我這裡買鴨子的都是鴨窖，一次都是買幾百隻、幾千隻。」

「鴨窖？鴨叫？」爸爸愣了一下。

「鴨窖的『窖』是地窖的窖，就是一般人說的中盤商，也有人說成中間商。」

「喔，原來如此，像我這樣只買一隻的客人，一定很少見。」

「確實少見，不過買一隻也好，買一百隻也好，我們的服務都是一樣的，走！我帶你們去看紅面番鴨，這兩位是你的——」

女主人指著我和妹妹問。

「喔，是我的兩個孩子。那麼多的鴨子，如此壯觀的場面，他們還是第一次看到，所以有點大驚小怪。」

「我到都市去的話，也是一樣大驚小怪。」

「不！我們也是住在鄉下。」

「喔。」

女主人帶我們進入另一棟鴨寮，我們都瞠目結舌，這真是一棟現代化的養鴨場，女主人很熱心地幫爸爸介紹。

「這是孵蛋機，溫度、溼度完全自動控制。」女主人指著一台巨大的機器說：「鴨蛋經過挑選之後，合格的鴨蛋會利用這台孵蛋機孵出小鴨，不過現在不是孵蛋的時機。」

「孵蛋還有時機？」爸爸搔搔頭，「我記得小時候，媽媽也有養雞，好像一年四季都可以孵雞蛋。」

「時代不一樣了。」女主人說：「紅面番鴨是在每年二月開始孵蛋，小鴨在三十五天左右孵出，飼養七個月，到每年秋冬之際就要販售出去，否則就會只吃飼料，不會再長大，不符合飼養的成本。」

爸爸不時地點點頭。

「這是雛鴨飼養室。」女主人指著一間鴨寮說：「小鴨孵出之後，因為抵抗力比較弱，需要妥善的照顧，上頭的燈泡就是供小鴨取暖用的。」

「我們只是買一隻鴨子。」爸爸還特別加重語氣，「一隻就好，這樣一路介紹下去，會浪費妳很多寶貴的時間。」

「你們在趕時間嗎？」女主人停下腳步。

「不！」爸爸賠著笑臉說：「我們很少到雲林來，就當作是郊遊旅行，不趕時間，不趕時間。」

「假如不趕時間，我就多講一些，很多中盤商一開始也是試探性買幾隻鴨子，後來發現我們的鴨子品質好，然後才是幾百隻、上千隻的買。」

「妳可能誤會了，我不是中盤商，不可能跟妳買幾十隻鴨子，更別說幾百隻、幾千隻鴨子。」

「不要緊的，即使你一輩子只跟我買一隻鴨子，我也會讓你了解我養的鴨子吃什麼飼料，以及生長的過程，假如時間許可，我還可以幫你殺好、脫毛，請廚師幫你煮好一鍋薑母鴨帶回去。」

「我們只買一隻鴨子，當然不是要殺來吃。」

「那要鴨子做什麼？好玩嗎？」

妹妹打岔說：「我家的『小船』不見了。」

一路上都是爸爸和女主人在說話，妹妹終於忍不住了。

「小船？」女主人一臉的疑惑。

「是這樣子的……」

爸爸只好把金水婆婆託養鴨子又失蹤的事情，重複敘述一遍，爸爸的口才不錯，加油添醋一番，逗得女主人哈哈大笑。

「因為這樣的理由來買鴨子，我還是第一次聽到。」

「這麼大的養鴨場，一共養了多少隻鴨子？妳一個人在做嗎？怎麼沒有其他的工人，妳先生呢？」

爸爸一連串問了好幾個問題。

「我先生前年就因為癌症過世了。」

女主人的語氣很平靜，隨後又指著鴨寮說：「我現在養了約兩萬隻鴨子，請了三個工人，還是忙不過來。」

「對不起，我不應該隨便亂問。」

「沒關係，我不會介意，你看！好多的『小船』，小妹妹！」女主人走進一座鴨寮，指著一大群鴨子說：「好多的『小船』，你喜歡哪一隻？我馬上抓給妳。」

原來在鴨寮的背後，還有一口長方形的池塘，一大群的紅面番鴨，雖然不像外頭池塘的白鴨數量多，可是少說也有幾千隻，看得我們眼花撩亂。

「怎麼每一隻看起來都一樣？」妹妹問。

「這些都是同一批出生的，所以看起來都一樣，每年秋冬流行吃薑母鴨，就是用這種紅面番鴨，一般市面上所謂的烤鴨三吃，用的是外面池塘的白鴨。」

「哪一種比較好吃？」妹妹的問題一堆。

「這就要看各人的口味了，我養的鴨子品種好，使用上等的飼料，只要會料理，都很好吃。」

爸爸這時卻把眉頭鎖起來，靠近女主人身旁，小聲的問：

「紅面番鴨的價錢怎麼樣？很貴嗎？」

「看天吃飯啦！要是經濟景氣好，紅面番鴨在秋冬的時候，幾乎是隨主人哄抬價格，賣不賣還要看交情，要是……唉！那就血本無歸了。」

「怎麼樣的情況會不好？」

「有人說，紅面番鴨的銷路靠三氣。」

「三氣？哪三氣？」

「首先要看經濟是否景氣？冬令進補吃薑母鴨是一種時尚，但是經濟不好，荷包縮水，吃薑母鴨的人少，銷路自然就不好，另外就是指天氣。」

「天氣也有影響？」

「當然囉，像去年是暖冬，電視上說是聖嬰現象，一整個冬天都沒有寒流，大家就不會想吃薑母鴨。」

「還有一氣呢？」爸爸顯得興致高昂。

「警察路檢不是叫人『吹氣』嗎？酒精測試超過標準就要罰款、吊照什麼的，也讓很多人不再吃薑母鴨。」

「這樣看來，養鴨人家也是很辛苦的。」爸爸恍然大悟似的，不斷地點頭，「行行都有本難唸的經。」

「當然囉，許多人看我們養了幾萬隻鴨子，以為利潤有多高，哪裡知道常常連飼料成本都不夠。」

女主人一轉身躍進鴨群中，鴨子受到驚嚇，四處亂竄，她俐落的抓住一隻，然後用塑膠繩綁住牠的雙腳。

「妹妹！這一隻好不好？」

「好棒喔！」妹妹高興得直拍手。

女主人將紅面番鴨裝入一只方形的大紙盒，鴨頭從紙盒的洞孔鑽出來，再將紙盒綁牢。

「多少錢？」爸爸掏出一疊鈔票。

「我記得你在電話中說過，你們住在新竹？」女主人問。

「對呀！一路開下來要兩三個小時。」

「假如買回去要殺來吃，我一定照算。」女主人摸摸妹妹的額頭，「你們老遠從新竹過來，汽油費、過路費夠買好幾隻了，妹妹要帶回去當寵物，我就送給你們吧。」

「這怎麼可以？」爸爸說：「養鴨子也需要很多成本，不能讓妳吃虧，一定

要付錢。」

雙方推拉一陣之後，女主人只好收下爸爸給的錢。

「這樣好了。」女主人說：「假如金水婆婆從美國回來，這隻鴨子就要還給她，到時候我再送你們一隻，今天這隻鴨子的錢我就暫時收下了。」

「真是謝謝妳，幫我們解決了困難，要是找不到活生生的紅面番鴨，等金水婆婆從美國回來，真不知道要如何交代？」

「我會保留幾隻當種鴨，有些親戚朋友會來電話，要個三兩隻的，其餘的在年底全部要賣光，你們假如還需要，只要一通電話，我會特地留給你們。」

「真是謝謝妳囉。」爸爸再一次很有禮貌的道謝：「今天真的可以說是不虛此行，不僅買到我們需要的紅面番鴨，也讓我們大開眼界。」

「收了你們的錢，該說謝謝的是我。」

「哪裡的話，才不過買一隻鴨子，而且浪費妳那麼多時間。」

「我們是做生意的人，南來北往，各行各業，能夠結交的都是好朋友。」

「謝謝啦！再見！」

「謝謝！再見！」

爸爸還要我和妹妹也跟女主人道謝、再見，妹妹卻只顧逗著鴨子玩，我們跟女主人告別之後，就直接回家了。

6

五隻母鴨

回到家之後，我們迫不及待地把紅面番鴨放進池塘，鴨子剛開始有些猶豫，陌生的環境讓牠有些不安，但是很快的開始優游在寬闊的池塘。

「我們應該給牠取一個名字。」妹妹說。

「『小船』呀！」我說。

「前一隻叫『小船』，這一隻也叫『小船』，會不會搞混了？」

「那就追封前一隻叫『一號小船』，這一隻叫『二號小船』。」

「哥！」妹妹的問題又來了：「『追封』是什麼意思？」

「追封？」我抓抓頭，這可真難解釋：「就當前一隻鴨子已經被人吃掉了，我們在牠死後才叫的名字。」

「那你死掉以後，我要追封你什麼？」

「呸！呸！呸！我還活得好好的，不要講不吉利的話。」

「我是說假如，假如你死掉了，我要叫你『一號哥哥』嗎？」

「你在詛咒我嗎？」

「哥！詛咒是什麼意思？」

「夠了！再講下去我會瘋掉。」

「瘋掉會怎樣？」

「我瘋掉以後就沒有人給妳回答問題。」

「那你不要瘋掉。」

「好，不過以後每天晚上，一定要記得把『二號小船』關進鴨寮以後，才可以睡覺，不要讓『二號小船』又給人偷走。」

「我們應該再養一條狗，小偷來的時候，狗會汪汪叫。」原來妹妹還是念念不忘要一隻小狗。

「狗？」我懷疑的說：「狗會咬斷鴨子的脖子。」

「你有聽過牧羊犬咬斷羊的脖子嗎？」

「沒有，可是牧羊犬有經過訓練。」

「我們養的狗也可以訓練。」

「我不會訓練狗。」

「很簡單的。」妹妹說：「先教牠最簡單的坐下、臥倒，牠要是做對了，就給牠一塊狗吃的餅乾。」

「妳怎麼知道？」

「電視上有演過這種節目，聰明的狗還會跳火圈、玩滑板，對了，『二號小船』在池塘中央不肯回來的時候，可以叫狗去把鴨子趕回來。」

「狗不會游泳。」

「你亂講。」妹妹拉高了聲調，「假如小狗不會游泳，怎麼會有『狗爬式』這個名稱？在電視上我還看過山豬游泳。」

「好吧！就算狗會游泳，也不可能那麼聽話。」

「我不管，我還想要一隻小狗，我去找爸爸。」

妹妹一轉身想要去找爸爸，卻和爸爸撞個滿懷。

「爸爸！我想要一隻小狗。」妹妹開始撒嬌。

「照我看，我們現在急需的不是小狗，而是急需……」爸爸居然賣起關子，一副愛說不說的模樣。

「急需什麼？你快說嘛！」

「你們想想看，『一號小船』為什麼會失蹤？除了可能被人故意抓走之外，最大的可能就是太孤單了。」

我和妹妹面面相覷，不知道爸爸接下去還要講什麼？

「是這樣子的。」爸爸清清喉嚨，「今天去雲林買鴨子回來的路上，我才想到的，鴨子本來就是群居的動物，一大群在一起才會快樂，我們只養了一隻，太孤單了。」

「爸爸！」我說：「你不會是要像那位女主人一樣，養幾百隻、幾千隻，一大群的鴨子吧？」

「當然不會，我還要上班咧，我想是不是應該再買一隻母鴨，只要一隻就好，這樣『二號小船』才有個伴。」

對於爸爸提出這樣的主張，覺得有點突然，可是我和妹妹都有同感，假如「二號小船」有了伴，應該會比較快樂。

「我們什麼時候再去雲林買一隻母鴨回來？」妹妹問。

「這樣吧！雲林有一點遠，你們都要上課，我看我自己辛苦一點，明天請個假，自己再跑一趟。」

「你自己去？明天？」

我睜大了眼睛，我們今天到雲林，來回一趟足足開了五個小時的車，耗掉的汽油、過路費之類的，早就超過鴨子的價值，爸爸居然為了替「二號小船」找個伴，要再買一隻母鴨，明天還要再開五個鐘頭的車子。

「爸爸！你要不要再考慮一下？」我說。

「考慮什麼？」

「連續兩天跑那麼老遠，都只是各買一隻鴨子，好像有一點奇怪。」

「有什麼好奇怪的？要不是你答應金水婆婆，幫她保管那隻鴨子，也不會扯出這些事情。」

「怎麼好像都是我的錯？」

「這不是誰對誰錯的問題，一隻託管的鴨子，反而讓我們增加很多知識，以這個角度來看，反而是一樁好事。」

爸爸講的話，好像滿有道理的。

晚上，我又失眠了，隱隱約約覺得有事情要發生，可是又說不上來到底會是什麼事情？我彷彿看到無數的鴨子，大隻的、小隻的，白色的、黑色的，從眼前狂奔而過，一群又一群……一群又一群……。

第二天一大早，就看見爸爸在清洗車子，再塗抹上一層蠟，專注的眼神，讓爸爸看起來像一位勤奮的工人。

「等一會送你們上學後，我就直接到雲林去，大概中午以前就會回來接妹妹放學。」

「爸爸！你可能忙昏了頭，今天是星期一，下午還有三節課，我會跟哥哥一起走路回家。」妹妹說。

「喔，我差點忘了，這樣我就不用趕時間了。」

「爸爸開車要小心喔……。」

每次爸爸要單獨出門，妹妹都會叮嚀一番。

「知道了，不能超速、不能闖紅燈、不能喝酒……」

「不是這些。」妹妹小聲的說：「能不能抓一隻小狗回來？」

「這……」爸爸顯得有點為難。

「雲林那邊是養鴨場，哪裡有小狗？」我把妹妹拉開，「不要胡鬧了。」

「你亂講。」妹妹理直氣壯的說：「昨天在雲林的養鴨場，我就有聽到狗叫聲。」

「即使女主人有養狗，也不見得有合適的小狗。」

「我只是請爸爸問問看嘛！」

「這樣好了。」爸爸說：「我到那邊以後，會幫妳問問看，有沒有合適的小狗？」

爸爸送我們上學以後，就直接南下雲林，一整天的課程，我都心不在焉，一放學我就拉著妹妹急急地趕回家，想看看母鴨長得什麼樣子？可是爸爸卻還沒有回來。

我趕緊打爸爸的手機，爸爸說因為塞車，還在高速公路上，一直等到天快黑了，爸爸才略顯疲憊的回來，算算時間，比我們上一次一起過去，多花了好幾個小時的時間。

我不敢問爸爸，為什麼多花那麼多的時間？就當作是因為高速公路塞車吧！

「給你們一個驚喜，好漂亮的母鴨喔。」

爸爸一邊說一邊打開休旅車的後車廂，是一隻鐵籠子，裡頭裝了五隻母鴨，嬌小的身軀，大概只有「二號小船」一半的重量，樣子一點也不起眼，讓我有些失望。

「不是說只買一隻母鴨？怎麼一口氣買了五隻？」我問。

「是這樣子的。」爸爸說：「養鴨子我們是外行，根據養鴨場女主人的說法，我們是養來好玩的，可以採用自然交配，一隻公鴨原則上可以配五隻母鴨。」

「這個我倒是第一次聽說。」我說。

「隔行如隔山，第一次聽說的事情多呢！養鴨場的女主人還說，南部專門培育雛鴨的種鴨場，都採用人工授精，一隻公鴨通常分配五十隻母鴨，可以節省很多飼料成本。」

「這些母鴨的體型好像比公鴨小很多。」

「對呀！根據女主人的說法，母鴨的體型本來就比公鴨小很多，不過這些母鴨都已經飼養七個多月了，現在正是開始下蛋的時期，一年可以下一百個蛋左右。」

「真是嚇人，照這樣說來，一年過後我們就有五百個鴨蛋了。」

「鴨蛋要經過挑選，好的鴨蛋可以孵出小鴨，比較不正常的可以做鹹蛋或煎成荷包蛋。」

「爸爸！看來你這一趟收穫不少。」

「還好啦！跑了一天有夠累的，你把這些母鴨拿到池塘邊的鴨寮，我要休息了。」

「爸爸！我的小狗呢？」妹妹仰著小臉問，狗在她心中還是很重要的。

「喔，養鴨場沒有合適的小狗，我已經跟女主人講過，她說她有一位朋友的母狗最近要生小狗，到時候再送我們一隻。」

妹妹雖然有些失望，畢竟還有一線希望，也就沒有再說什麼。

我和妹妹合力抬著一籠子的母鴨，準備到池塘邊，妹妹的力量太小了，走不到幾步就停下來。

「哥！剛才爸爸說了一堆，有些我聽不懂，什麼叫自然交配？什麼又叫人工授精？」妹妹一邊喘氣一邊問。

「喔！」我差點暈倒。

「哥！你快講嘛！」

「我也不知道。」我支支吾吾的說：「反正就是要讓母鴨生蛋，這樣才能繁殖下一代。」

「我長大以後會不會繁殖？」

「當然會啦！」

「那我要自然交配還是人工授精？」

天呀！這種問題我怎麼回答？

「妳這樣一直問下去，我會瘋掉。」

「瘋掉會怎樣？」

「我瘋掉以後，這一籠母鴨讓妳一個人抬。」

「那你不要瘋掉。」

「那妳不要一直問下去。」

「好！我們一起抬。」

費了好大的勁，才把鐵籠子抬到池塘邊，「二號小船」正在池塘中央戲水，我把鐵籠子的門打開，五隻母鴨魚貫地游進池塘。

「三號小船、四號小船、五號小船……來囉！」

妹妹高興得手舞足蹈，「二號小船」迅速的和這五隻新加入的「小船」會合，形成一列壯觀的隊伍，「二號小船」在隊伍的最前面，顯得意氣風發，不時發出「嘎！嘎！」的聲音。

「哥！我們不是只有一隻鴨子，現在我們有了六隻鴨子。」

「你的數學還可以，沒有加錯。」

「這個太簡單了，我幼稚園的時候就會了。」

「可是照這樣繼續發展下去，我們不會是只有六隻鴨子，可能會有六十隻鴨子，六百隻鴨子，甚至一大群鴨子。」

「好呀！好呀！以後我們家的池塘可熱鬧了。」

我沒有再多說什麼，心情有一點複雜，池塘卻因為五隻新「小船」的加入，而顯得生氣蓬勃，天色逐漸暗了，晚霞的餘暉染紅了天空，我卻彷彿看到六隻「小船」一下子變成六十隻、六百隻，佔據了整個池塘，也佔據了我的心。

7

上電視囉

星期三到星期五一連三天，是爸爸公司辦旅遊的日子，一早爸爸就搭遊覽車走了，前一天晚上，爸爸就準備了好多菜放在冰箱裡，擔心我們餓著了，其實我擔心的不是吃的問題，因為這幾年我也練得一手好功夫，隨便煎個荷包蛋、炒青菜，豆腐蛋花湯之類的，並不成問題，問題在於我那個寶貝妹妹，我一直擔心爸爸不在家的時候，會出一點狀況考驗我。

晚上，寫完功課之後，沒有任何意外發生，慶幸一切都是那麼的平靜，讓我鬆了一口氣，正準備就寢，妹妹拿著聯絡簿過來，我本來一點都不在意。

「哥！聯絡簿你要幫我簽名。」妹妹說。

「喔。」我想了一下說：「聯絡簿應該是家長簽名，我是你哥哥，不是你的家長，由我來簽名，好像不太好吧。」

「哥哥和家長哪裡不一樣？」

「家長應該指的是爸爸或媽媽這樣的長輩，我不是你的長輩。」

「你不是我的長『輩』，那你是什麼『輩』？」

「我哪知道我是妳的什麼『輩』？」話才出口就覺得不妥，又補了一句，「最多應該是平『輩』吧！」

「平輩不能簽名嗎？假如你不簽名，難道要我自己簽？還是找鴨子簽名？」

雖然被妹妹弄得有點煩，但是聽她這麼一說，似乎也是有道理，房子裡頭只有我們兩個，她不找我簽名，找誰呀？

「好吧！」我說：「不過要簽我的名字，還是爸爸的名字？這有點傷腦筋。」

「有差別嗎？」

「當然有囉，簽名是要負責的，我不能學爸爸的筆跡，只能簽我的名字。」

「我不管是誰的名字，只要有人簽名就好，老師說過，聯絡簿沒有簽名要蓋一個缺點章。」

「好吧！」我打開聯絡簿，在「家長簽名欄」寫下我的名字，並且加上一行字。

爸爸不在家由哥哥代替簽名　姜大龍

我對自己的決定，覺得十分滿意，因為這是兩全其美的辦法，既不是造假，又不會讓妹妹被蓋缺點章，學校老師就是喜歡玩「榮譽卡」的遊戲，幾個優點章，可以換榮譽獎狀，幾張榮譽獎狀又可以換什麼，到最後還不是跟校長照個相，貼在公布欄而已。

「簽好啦！這下妳可以去睡覺了吧。」我說。

「哥！你只有簽名，沒有看老師的交代事項。」

「老師交代什麼？」

「你看看就知道。」

我拿起聯絡簿一看，不看還好，一看簡直嚇昏了。

老師清清楚楚的寫著：

明天每個人帶一樣寵物到學校觀察。

「哎呀！」我搔搔頭皮，「妳的老師也真是的，我們家哪有寵物可以給妳帶去學校？」

「我不管，你一定要幫我想辦法。」妹妹蠻橫地說。

「我有什麼辦法可想？」我兩手一攤，「大家還不是帶小狗、小貓之類的，偏偏我們家沒有養狗。」

「才不是。」妹妹嘟著嘴，「我的同學說要帶獨角仙，也有人要帶小白兔。」

「可是這些東西我們都沒有。」

「我不管，你一定要想辦法，你在聯絡簿上有簽名。」

「我只是代替爸爸簽名，其餘的我不管。」

「你自己說的，簽名就要負責。」

這時剛好桌上有幾隻螞蟻，我靈機一動。

「有了。」我說：「抓幾隻螞蟻到學校去，就說妳的寵物就是螞蟻，一定很特別的。」

「我才不要。」

「妳別折磨我了，我也沒有好辦法，頂多被蓋一個缺點章而已，沒什麼好怕的。」

妹妹的眼睛突然一亮。

「鴨子！」妹妹興奮的說：「我要帶『二號小船』到學校去，同學們一定很好奇。」

「鴨子怎麼帶到學校去？」

「我不管，你簽名就要負責，想辦法幫我帶到學校去。」

「這太難了。」我說：「鴨子不能一直抱在手上，也不能像狗一樣綁一條繩子，而且還會大便。」

「為什麼不可以綁繩子？」妹妹睜大了眼睛，「你幫我找一根繩子，像綁小狗一樣綁住牠的脖子，不就得了？」

「要是綁鬆了，就容易脫落，綁得太緊，鴨子會窒息死掉。」我搖搖手說：「不行！不行！爸爸不在家，妳偏偏出題目考我，明天妳要是帶鴨子去學校，包準全校轟動。」

「你只要負責幫我把鴨子綁好，我會牽牠去上學。」

妹妹像牽小狗一樣，牽一隻搖搖擺擺的鴨子去上學？我真不敢想像那是怎樣的一個有趣畫面？但可以肯定的是，必定是一場「轟動武林，驚動萬教」的大事。

「明天再說吧，讓我想想辦法，如何綁住鴨子的脖子，而且又不能讓牠窒息死亡。」

「你一定要負責就對了，因為你有簽名。」

只因為幫妹妹簽了一個名，就掉入了一個不可預知的陷阱。

這真是一個令人失眠的夜晚，左思右想，如何綁住那隻鴨子？

第二天，一大早我就起床了，趕緊到鴨寮看鴨子，「二號小船」安穩的蹲坐在稻草堆上，我把牠抱在懷裡，牠跟平常一樣，乖乖的不會亂動，只是伸長脖子搖晃個不停，根本不知道牠今天有一趟不可預知的旅程。

我找出一件陳舊的背心，那是平常我穿在身上的背心，只是有點舊了，還破了一個小洞。

「把牠的翅膀打開來。」

我吆喝著，拿出哥哥的威嚴，妹妹從來沒有像今天這麼聽話，打開鴨子的雙翅，「二號小船」稍微掙扎了一下，隨即又安靜下來。

我把背心從鴨子的翅膀下穿過，在脖子前面打了一個結，為了避免脫落，還用細繩綁住那個結，那樣子就像小狗脖子上的項圈，再用一根麻繩套在背心上，「二號小船」就可以像牽狗一樣牽著走了。

妹妹眼看難題解決，露出了愉悅的笑容。

「不過，我得把話講清楚。」我說：「上學的時候，你自己牽著牠走，我不會牽牠的。」

「我知道，我自己會牽，只要牠不要亂飛就好。」

「還有……」我說：「上學的時候，我不要和妳走得太近，很丟臉。」

妹妹也點點頭。

吃過早餐，我們就開始上學，平常這一段路都是爸爸開車載我們，爸爸不在家，今天得自己走路，妹妹牽著「二號小船」才剛走出大門，就引來一大群人品頭論足，包括同樣走路上學的同學，或是上街買菜的婦人，就連開車、騎機車的人，都忍不住放慢速度，甚至停下來駐足圍觀。

妹妹牽著「二號小船」慢條斯理的走向學校，雖然很多人指指點點，可是她一點都不怯場，還頻頻向圍觀的人微笑，「二號小船」也很合作，可能因為被我綁上背心做的鏈條，讓牠走路的時候，左右搖晃得更誇張之外，沒有發生任何意外。

「小妹！拍個照好嗎？」

甚至有人拿出相機拍照，妹妹也不以為意，還擺出POSE，天哪！真是丟臉！

「我只有看過溜狗、溜鳥，從來沒有看過溜鴨子，真是有趣呀！」

「狗穿衣服就已經很少見了，現在

連鴨子也穿上衣服。」

「太陽光底下，什麼事都可能發生，怪事年年有，今年特別多。」

……

大家你一言我一語，議論紛紛，圍觀的人越來越多，竟然讓道路都壅塞了，真是奇觀呀！

「大家讓開一下，我是電視台的記者，做個特別報

導。」

一位壯碩的年輕人，一手把攝影機扛在肩上，一手推開圍觀的人群，另一位年輕漂亮的小姐拿著麥克風，親切的問妹妹說：

「妹妹呀！我們正巧路過這裡，發現了這件有趣的事情，想請問妳一下，這是誰的鴨子？」

記者小姐很和氣的問妹妹，同時把麥克風湊到妹妹嘴邊。

「我們家的呀！」

「鴨子要帶去哪裡？鴨子也要上學嗎？」

「老師要我們帶寵物到學校觀察，我的寵物就是鴨子。」

妹妹大方的回答，一點也不會忸忸怩怩，真是有大將之風！我不由得打從心底佩服她。

「妳怎麼會把鴨子當成寵物？」

「因為鴨子走路的姿勢很威風。」

記者小姐不斷的點頭。

「還有呢？」

「牠還會在池塘游泳，所以我們叫牠『小船』。」

「小船？喔，好美的名字。」

我卻在慶幸，妹妹沒有說是「二號小船」，否則記者再問起「一號小船」呢？恐怕就會沒完沒了。

「妳怎麼會想到幫鴨子穿上衣服？」記者小姐又問了一句。

「我哥哥幫牠穿的。」

妹妹指向我，大家的目光也轉向我，攝影師也把鏡頭轉向我，我覺得全身都熱起來，臉也脹紅了。

「小弟呀！」記者小姐把麥克風轉向我，「你是哥哥嗎？你是怎樣想到要幫鴨子穿上衣服？」

「是……是這樣子的。」我結結巴巴的說：「我不……不能一直把鴨子抱著，只好像牽小狗一樣。」

記者小姐一直盯著我看，我只好再補上一句。

「因為……我必須幫鴨子穿上一件衣服，才能綁住繩子。」

「這件衣服是你的嗎？」

「是的。不過給鴨子穿過之後，我再也不會穿它了。」

圍觀的人都哄堂大笑，連我也傻傻的笑了。

「小妹呀！妳牽著鴨子走向學校，我給妳拍幾個特寫鏡頭。」

圍觀的路人讓開一條路，妹妹大方的往前走，攝影師扛著攝影機緊跟在後，我鬆了一口氣，心裡頭卻在想：這真是神奇的經驗！

我們一直走到學校，路上的人群才逐漸散去，妹妹一進入校園，又引起一陣騷動，學校裡的老師還沒有搞清楚是怎麼一回事，妹妹所唸的二年蘭班，已經擠滿聞風而至的同學，把教室團團圍住。

二年蘭班好像一座小型的動物園，大部分都是小狗、小貓、小白兔之類的，但是「二號小船」搶盡了風采，成了眾人矚目的焦點，大家並不是沒有看過鴨子，而是沒有看過穿衣服的鴨子，或者說可以像小狗一樣牽著走的鴨子。

二年蘭班的吳老師十分錯愕，怎麼也沒有想到，一大早教室就擠滿看熱鬧的人群。

「姜小慧！」吳老師大聲的說。

「有！」妹妹回答得很大聲。

「我叫妳帶寵物到學校，妳怎麼帶一隻鴨子來？」

「我的寵物就是鴨子，牠的名字叫『二號小船』。」

「我哪管牠是幾號？大船還是小船？鴨子會到處大便，我擔心會把教室弄得髒兮兮的。」

「小狗也會大便，貓咪也會大便。」

妹妹一點也不怕，比我勇敢多了。

「不管誰的寵物要是大便，帶來的同學要負責掃乾淨，尤其是這隻鴨子。」

「鴨子大便，我哥哥會負責掃乾淨。」

妹妹一邊說一邊指向我，大家的目光都投向我這邊，對於妹妹會說出這樣的話，令我十分意外。

「關我什麼事呀？」我說。

「妳自己說過的呀！」妹妹很大聲的說：「不要分星期幾，每天都是兩個人一起掃。」

我真是服了她，不管多久以前講過的事情，她都記得一清二楚。

「好吧！」我說：「只要鴨子大便，我就會過來掃。」

「我也會一起掃。」

這時上課鐘聲響了，圍觀的同學才逐漸散去，回到各班教室，我卻在想，一隻鴨子能帶給那麼多人歡笑，真是不尋常呀。

晚上，我們正在做功課，爸爸從阿里山打電話回來。

「大龍呀！」爸爸說：「你們上電視啦！鴨子也上電視啦！這是怎麼一回事？」

「欸，真的嗎？我還沒有看到。」

「趕快打開電視，等一下還會重播，現在全公司的人都知道這件事，還跟我恭喜呢！」

「有夠丟臉的，有什麼好恭喜？」

「你們回答記者的問題，表現得不錯，鴨子表現得也不錯。」

我在想：鴨子也有功勞啊？

「爸爸！你趕快回來，不然不知道還會發生什麼事？」

「我一輩子都沒有上過電視，我不在家，你們兩兄妹還真的上了電視，真是了不起。」

「爸爸！趕快回來。」

「好！好！」

掛上電話以後，我們馬上打開電視，一邊寫功課一邊聽新聞，等播報那則新聞的時候，就停下來專心看新聞，一遍又一遍，一直到十二點鐘了，妹妹還沒看過癮。

「明天記者還會來訪問我嗎？」妹妹問。

「不會吧！」

「你知道那家電視台的電話嗎？還有那位記者叫什麼名字？」

「妳問這些做什麼？」

「我早上有一點緊張，忘了告訴記者，我們家還有五隻母鴨。」

「妳以為在演連續劇呀？」

「聽說打一〇五可以查到電視台的電話，哥！你幫我查查看。」

「趕快睡覺吧！」

「哥！你有幾件背心？」

「天呀！妳不會要我把所有的背心都給母鴨穿吧！」

「那有什麼關係！」

「不行！求求妳饒了我，趕快睡覺吧！我的頭快要炸掉了。」

「明天我還要再看報告新聞。」妹妹說。

「明天？」我說：「明天不會有這則新聞了，妳以為妳是大明星？連續播一個月嗎？」

妹妹生氣了，不再理我，自個兒睡覺了。

8

母鴨孵蛋

「哥！你快來看，蛋！有兩顆鴨蛋。」

有一天放學之後，我正在清掃鴨寮的糞便，妹妹突然發出一連串的驚叫，這是在五隻母鴨進駐後的兩個星期左右。

我趕緊跑過去，在一堆蘆葦叢中，赫然躺著兩顆灰白色的鴨蛋，妹妹不敢去碰觸，我大膽的把它拿起來，把這兩顆鴨蛋，當作稀世珍寶似地捧在掌心，心情也跟著興奮起來。

「真的是鴨蛋，可是怎麼會落在草叢中？」

「一定是那幾隻母鴨生的。」妹妹肯定的說。

「妳快去跟爸爸說，我在附近找找看，說不定還可以找到一些鴨蛋。」

我在池塘四周繞了一圈，小心翼翼的撥開茂密的蘆葦、雜草叢，在爸爸和妹妹過來之前，又找到了五顆鴨蛋，其中一顆已經破損，所以完好的鴨蛋一共有六顆，爸爸把鴨蛋捧在掌心，左看右看，好像在欣賞一件藝術品。

「這真是完美的鴨蛋。」爸爸說。

我從來沒有想到，幾顆廉價的鴨蛋，可以帶給我們歡樂，還有振奮人心的效果。

「鴨蛋有不完美的嗎？」妹妹問。

「當然有呀！」爸爸說：「雲林養鴨場的女主人說，有些鴨蛋是畸形的，不能孵小鴨。」

「這六顆鴨蛋能孵出小鴨嗎？」

「應該可以吧。」爸爸的語氣有些遲疑，「我得問問雲林養鴨場的女主人，看她怎麼說？」

不知道從什麼時候開始，「雲林養鴨場的女主人」，成了「百科全書」，有關鴨子的一切，「雲林養鴨場的女主人」說的就是標準答案。

「爸爸！那你快去打電話呀！」

爸爸猶豫了一下，還是勉強拿起手機撥號，只不過一面走一面撥，等到撥通以後，離開我和妹妹有一段距離了，我覺得有點納悶，又說不上來為什麼。爸爸的聲音不大，時而露出笑容，時而把目光瞟向我們，講了好一陣子，把電話掛上了才走回來。

「雲林養鴨場的女主人說……」爸爸說得不是很順口，「是這樣子的，呃，孵鴨蛋是一門很專業的學問，交給孵蛋機去處理，成功率

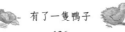

會比較高，我們是養好玩的，當然也可以交給母鴨來孵，只是常常會失敗。」

「就孵這六個蛋嗎？」我問。

「當然不是，等多生一些蛋之後，母鴨就會負起孵蛋的責任。」

「我們要怎麼跟母鴨說？難道要跟牠說……」妹妹比手畫腳，好像在演戲，唱起腔來，「三號母鴨，準備孵蛋囉！」

妹妹的話引得大家哈哈大笑。

「應該不會吧，根據雲林養鴨場女主人的說法，母鴨孵蛋是一種天生的母性，大約生過十來個蛋之後，會一直賴在特別準備的鴨窩裡孵蛋，可是雲林地區大批飼養的人，都是利用機器孵蛋，至於母鴨如何孵蛋，那位女主人也不是很有經驗。」

「鴨窩？」妹妹睜大了眼睛。

「是呀！母鴨本來就應該各自有一個窩，不叫鴨窩，要稱為什麼？就是要讓母鴨一邊下蛋一邊孵蛋。」

「可是我們只有一座鴨寮，沒有下蛋、孵蛋的鴨窩。」

「就因為沒有下蛋的窩，所以那些母鴨才會把鴨蛋下在蘆葦叢中。」

「那你還不趕快替鴨子做窩，好讓牠們下蛋、孵蛋。」

「這有一點難喔。」爸爸習慣性摸摸粗糙的下巴鬍子，「小時候我曾經看過阿婆替母雞做過窩，好像用一個籃子，上面再鋪些稻草之類的，不過時間太久了，不是很清楚。」

「不管是雞窩還是鴨子的窩，都差不多嘛，可以孵蛋就好了。」

「讓我想想辦法。」

爸爸找出五個陳舊的塑膠臉盆，上面鋪上一層稻草，放在鴨寮裡面，還把塑膠盆固定在地上，爸爸說這樣可以避免母鴨將窩打翻，大概只花了一個小時的時間，五個母鴨的窩就大功告成了。

「這樣母鴨就有窩可以下蛋、孵蛋了。」爸爸對自己的作品端詳了一番，然後小聲的說：「爸爸替母鴨做窩的事情，千萬不要對別人張揚。」

「為什麼？」我張大了眼睛。

「因為做得有一點難看，要是給內行人看見，會當做笑柄。」

「不會呀！只是不知道母鴨會不會乖乖的在裡頭生蛋。」

「對呀，要是母鴨仍然到處亂跑，就有可能在池塘四周的草叢中

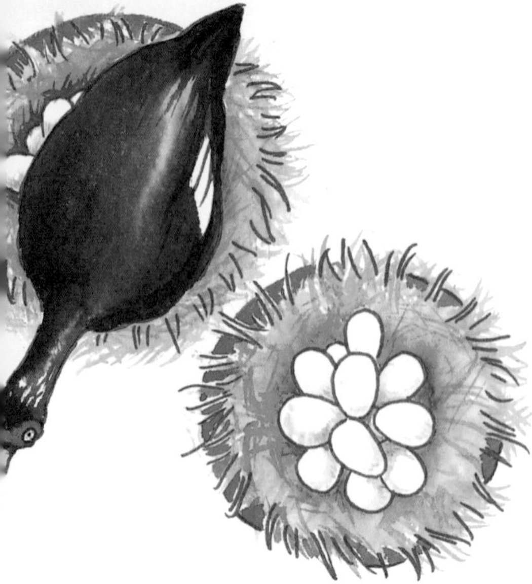

下蛋。」爸爸想了一下說：「我看這樣好了，暫時把母鴨關在鴨寮裡面，不讓牠們出去，這樣的話，母鴨就只能在窩裡下蛋。」

「聽起來很有道理，只是有一點像土法煉鋼。」

「跟雲林養鴨場比起來，我們當然只是土法煉鋼，要是真的能孵出小鴨，也是很有成就感的。」

從這天以後，我們就把鴨寮的門關上，鴨子們就只能待在鴨寮裡頭，母鴨果然很聽話，在窩裡產下第一顆鴨蛋之後，我們陸續的發現，每一個窩間隔兩、三天就會多出一個鴨蛋，窩裡面就有了兩顆蛋、三顆蛋、四顆蛋……

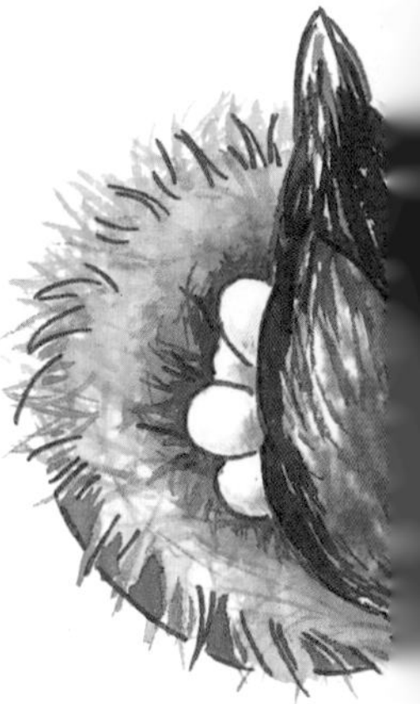

「爸爸！」我興奮地說：「我們成功了，每一個窩都有好幾顆鴨蛋。」

「雲林養鴨場是大規模生產，孵蛋也是靠孵蛋機，我們是以自然取勝，一切回歸自然，你不妨做個紀錄，也是很有趣的。」

「爸爸！」我說：「你別嚇我了，上回我們去烤肉，老師還出了一張學習單，同學們都說寧願不要烤肉，這回不過養幾隻

鴨子，又多了一份作業，早知道不要再去買母鴨回來。」

「千金難買早知道。」爸爸說：「早知道不要從金水婆婆手中接下那隻『一號小船』，什麼事都沒有。」

「話不能這麼說，那種情況非接不可，金水婆婆是硬塞給我的，現在好了，她在美國逍遙過日子，我們卻被鴨子弄得團團轉。」

「這樣吧！我們一起努力，我明天去買台數位相機回來，聽說很好用，拍攝下蛋、孵蛋以及小鴨生長的過程，學校裡不是正在舉辦個人網頁競賽嗎？這是一個很新鮮的題材，包準你一鳴驚人。」

「有道理，我正愁找不到合適的題材，這個構想不錯，只是從鴨子下蛋、孵蛋，到小鴨出生，不曉得要忙多久？還有……」我說：

「嘿嘿嘿……爸爸！假如真的要製作網頁的話，你那做得有一點難看的鴨窩，也會跟著一起公諸於世囉。」

「管不了那麼多了，我們三個人一起做，這是最鮮活的教材，比課本上的知識還有用。」

「對！有福同享，有難同當。」妹妹大聲的說。

「能夠共體時艱。」爸爸摸摸她的頭，「真不愧是我的好女兒。」

妹妹得意的笑了，然後仰起小臉問：「哥！什麼叫做網頁？」

「喔，我會昏倒。」我說：「妳連網頁都不懂，還說什麼『有福同享，有難同當』？」

「等她長大就懂了，或者打開電腦讓她看看網頁長得什麼樣子？」

我按照爸爸的指示打開電腦，進入到學校的網頁，讓她了解我要製作的東西。

「我懂了。」妹妹點點頭。

「妳懂了？」

妹妹莫非是天才？只不過五分鐘就懂得什麼叫做網頁。

「我不懂。」妹妹又搖搖頭，「可是我會幫你替這個網頁取一個名字。」

「妳說說看。」

妹妹大聲的說：「叫做『我家的鴨子』。」

「太俗了。」我搖搖頭，「跟老師要我們寫作文，老是出『我的家庭』，或是『我的老師』一樣，想別致一點的名稱。」

「『一號小船』怎麼樣？」妹妹又說：「雖然『一號小船』失蹤了，或許早被人吃掉了，但是這一切都是從『一號小船』開始的。」

「有進步，不過……慢慢想好了，等母鴨孵出小鴨的時候，再想出更好的名字也不遲。」

「『鴨子的故事』呢？」

「很好！很好！」

我已經不耐煩了。

「『爸爸有了一隻鴨子』怎麼樣？」

「好了，好了，網頁還沒有開始製作，我的頭快炸掉了，況且現在不只是爸爸有了一隻鴨子，而是我們三個人，共同有了六隻鴨子和一堆鴨蛋。」

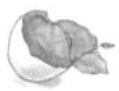

「你要跟爸爸說，我有幫忙，有福同享，有難同當。」

「我一定會跟爸爸說，妳是我的好妹妹，能夠共體時艱，有福同享，有難同當，妳就讓我安靜一下吧！」

天呀！我怎麼會有這個妹妹？

9

阿姨來訪

大約過了半個多月，每個窩裡都有十幾顆鴨蛋，漸漸地，母鴨開始發揮母性，安安靜靜地蹲在窩裡，只有在進食的時候才離開窩，匆匆忙忙吃完又回到窩裡蹲著，我很有耐心地用數位相機拍攝許多照片，準備放在網頁裡頭。

妹妹睜大了眼睛，仔細觀察母鴨孵蛋的過程。

「哥！母鴨會繁殖，公鴨為什麼不會繁殖？」

「牠的任務已經完成了。」

「牠的任務是什麼？」

「唉！」我真的不知道怎麼解釋，只好含糊其詞的說：「公鴨跟母鴨，就像必須有爸爸和媽媽一樣，才能生出健康的寶寶。」

「一定要有爸爸和媽媽，才能生出寶寶嗎？」

「當然囉！」

「可是我在電視上有看過未婚媽媽生出小孩子。」

「那是例外。」

「『例外』是什麼意思？」

「『例外』就是很特殊的例子。」我抓抓頭皮，「也不是這麼說，應該說是不按照一般的程序。」

「我長大以後會不會『例外』？」

天呀！我怎麼回答這樣的問題？

「妳一直這樣問下去，我會瘋掉。」

「瘋掉會怎樣？」

每一次我都以「我會瘋掉」來阻止妹妹繼續問下去，妹妹也以

「瘋掉會怎樣？」做為結束。

「瘋掉以後就沒有人替鴨子拍照、做網頁。」

「那你不要瘋掉。」

「好，但是妳也不要一直吵我，因為我除了照相之外，還要做紀錄。」

「紀錄什麼？」

「紀錄母鴨哪一天開始孵蛋、母鴨進食的情形，甚至天氣的變化……」

這時爸爸走過來，也蹲在地上仔細觀察母鴨孵蛋的情形，觀察好一陣子之後問我說：「第幾天了？」

「十五天左右吧！」我說。

「根據雲林養鴨場女主人的說法，孵蛋第十五天左右，必須照蛋……」

「照蛋？炸蛋？」我和妹妹都一頭霧水，只好再問一句：「什麼意思？」

「是這樣子的，有些蛋授精不完全，孵不出小鴨的，用強光照射一下，大概看得出來。」

「爸爸！你真的懂嗎？」

「試試看吧。」

爸爸說完開始著手在鴨寮裝設了一盞電燈，傳統一百燭光的燈泡，然後把母鴨小心翼翼的抱離孵蛋的窩，拿起母鴨正在孵的鴨蛋，對著燈光左看右看，仔細端詳了好一陣子，然後又換另外一顆蛋，同

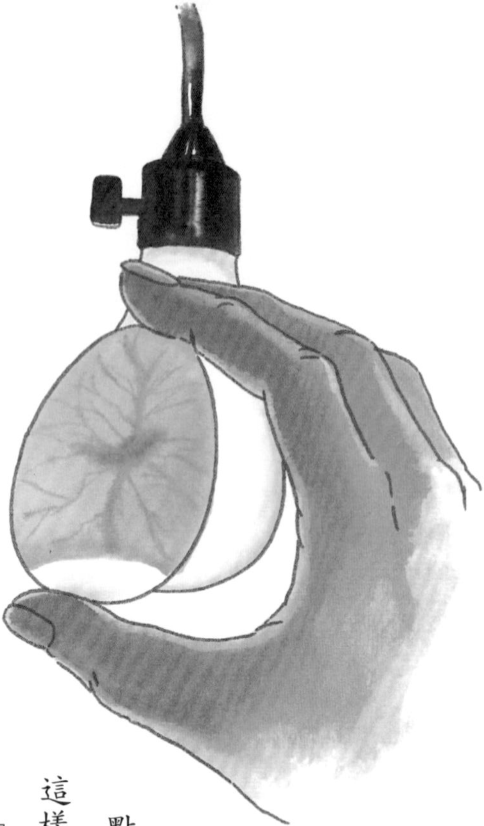

樣轉來轉去觀察，然後又換另外一顆蛋……

「爸爸！」我有一點懷疑的說：「你確定是這樣看嗎？」

「小時候曾經看過祖母，也是這樣把蛋拿起來照一照，只是……只是有一點忘記了。」

爸爸從一窩鴨蛋中挑出三個，放在紙袋中。

「這三顆蛋有問題，恐怕孵不出小鴨。」

「你確定？」我問。

「或者……也許……大概……是吧！」爸爸顯得有點心虛。

「爸爸！」妹妹嚷著說：「你教我怎麼看？」

「是這樣子的。」爸爸把一顆鴨蛋靠近燈光，透過強烈的光束，指著鴨蛋說：「蛋內看起來有一點混濁，好像血管破裂，這種鴨蛋發育不完全，孵不出小鴨的。」

「你確定？」我再問一次。

爸爸支支吾吾，不曉得該怎麼回答，手機卻突然響了，爸爸看了一下號碼，馬上露出欣喜的表情。

「是雲林養鴨場的女主人打來的。」爸爸說。

爸爸和對方講電話的時間，我也把鴨蛋對準燈光照著看，這三顆被爸爸挑出來的「壞蛋」，和其他正常的鴨蛋是有些不一樣，可是又說不出一個所以然來。

爸爸講完電話，走過來告訴我們說：

「告訴你一個好消息，雲林養鴨場的女主人，明天會帶妹妹要的小狗過來。」

「真的嗎？太好了。」

妹妹高興得跳起來，我雖然沒有像妹妹這麼期待一隻小狗，可是不忍心掃她的興，也只好笑了笑。

爸爸說：「有客人要來拜訪，從現在起要打掃環境，雖然是鄉下地方，也要讓人家留下好的印象。」

「鄉下地方就是這個樣子，再怎麼打掃也是一樣。」我說：「況且那位女主人，說不定只有停留幾分鐘而已。」

「話不能這麼說，上回……我們到雲林，她也是盛情招待。」爸爸有點結巴的說：「這次她到新竹來，我想……我想請她在我們家吃個便飯……吃個便飯而已。」

「盛情招待？」我懷疑的說：「上回她是很熱心的幫我們解說，可是談不上什麼盛情招待。」

「喔，是這樣子的。」爸爸吞了一下口水：「我是說第二次我去抓母鴨回來的那一次，她是請我吃午餐的。」

「喔！」我恍然大悟，「是不是有什麼不可告人的祕密？」

我這時才又想起，那一回爸爸是比較晚才回來。

「才沒有，純吃飯而已，就像她明天到新竹來，我們盡地主之誼，也是吃個午餐而已。」

「對嘛！大驚小怪。」妹妹嘟著小嘴說：「一定是你不喜歡小狗，才會講這樣的話。」

「好了，我們一起把客廳打掃一下，還有……」爸爸想了一下說：「沙發的細縫有很多灰塵，一定要擦一擦，垃圾桶要清除乾淨，不能有臭味，門口的盆景也該修剪了……」

我隱隱約約覺得有事情要發生了，卻說不上來，妹妹只顧為她的小狗張羅住的小屋，不再問我問題。

我突然覺得有點寂寞。

第二天一大早，爸爸就把我們叫起床，哪邊該擦，哪邊該掃，講了一大堆，我只好唯唯諾諾。

「我到街上買一點菜，家裡的清潔工作就交給你們。」

「知道了。」

爸爸的心情顯然不錯，而且一大早去理髮，並且抹上一層油，站在鏡子前，反覆梳理幾根不聽話的髮絲，筆挺的西裝褲，嶄新的襯衫，顯得容光煥發，好像一個精神抖擻，即將出征的戰士一樣。

爸爸上街去了，我遵照爸爸的吩咐打掃環境，妹妹也在一旁幫忙，也許今天小狗就要送來了，她也是神采奕奕。

「妹妹！」我說：「爸爸好像有一點不一樣耶。」

「喔。」

她沒有很認真聽我講話。

「你不覺得嗎？」我說：「爸爸對雲林養鴨場的女主人，今天要送小狗來的事，好像很興奮。」

「我也是很興奮，難道你不喜歡小狗？」

「關鍵點不在小狗。」我說：「關鍵在爸爸今天穿新衣服。」

「我也穿了一件新衣服。」

「爸爸今天特地去買菜。」

「爸爸每個星期天都去買菜，有哪裡不一樣嗎？」

「好像有一點不一樣。」我想了一下說：「他今天還特地理髮、還把鬍子刮乾淨。」

「我們也是經常要剪頭髮。」

「他還叫我們要掃地、拖地板。」

「每個星期日都要拖地板。」

「妳幫我想想看，爸爸哪裡不一樣？」

「你很煩耶！」妹妹插著腰，學我平常說話的樣子，「你一直這樣問下去，我會瘋掉。」

「瘋掉會怎樣？」我也模仿她的語氣。

「瘋掉以後，擦桌子、掃地、拖地板全部你一個人做。」

「那妳不要瘋掉。」

「好。」妹妹說：「你也不要一直講不歡迎小狗的話。」

「我想妳可能誤會了。」我說：「我沒有不歡迎小狗，我也會教牠坐下、臥倒，甚至跳火圈，我只是覺得爸爸有一點怪怪的。」

「我才覺得你有一點怪怪的，我正在想小狗是什麼顏色？一定要取一個很好聽的名字。」

「小黑！小黃！小白都可以，妳高興怎麼叫就怎麼叫。」

「敷衍！我就知道你不喜歡小狗。」妹妹嘟著小嘴。

大約一個小時過後，爸爸買菜回來了，滿滿一大袋，比平常多出一大半，一邊吹著口哨，一邊在廚房切切洗洗。

「大龍！你過來幫忙一下。」爸爸在吆喝。

「喔。」

「你看！」爸爸說：「這條鱸魚要清蒸還是紅燒好？」

「都好啦！要看對方的口味。」

「我也不知道她喜歡清蒸還是紅燒。」爸爸思索了一下說：「我看還是清蒸好了，薑絲、蔥條一應俱全，而且是大眾化口味，對了，清蒸的盤子、架子拿去洗一洗，液態酒精呢？」

「早用完了，只剩一個空瓶子。」

「你到超市跑一趟，買一罐液態酒精回來。」爸爸掏出一張百元鈔票給我：「一邊用酒精蒸煮一邊吃，這樣才夠味。」

「不計成本？」我說：「為了清蒸一條魚，特地買一罐酒精，就好像為了喝一杯牛奶，特地養一頭乳牛。」

「哪裡學來的歪理？快去！」

我只好騎著腳踏車，跑了一趟超市，才剛回到家，爸爸又問我說：「爸爸上回做的紅燒豬腳怎麼樣？不錯吧！我今天特地買黑豬的豬腳。」

「有差別嗎？白豬也是豬，黑豬也是豬，享用豬腳的人，有誰會問這是白豬的豬腳？還是黑豬的豬腳？」

「這你就外行了，白豬腥味濃，黑豬是傳統的品種，吃起來就是不一樣。」

爸爸打開鍋蓋，指著一鍋黑色的湯汁說：「還有這鍋仙草雞湯，這是特地到朋友家要來的，是用陳年老仙草，熬了三個小時的湯汁，味道甘美，有錢都買不到。」

一個早上爸爸都在廚房打轉，到中午十一點半左右，一切都準備就緒，可以說「萬事具備，只欠東風」。

「你幫我看看，手機收訊正常嗎？」爸爸說。

「跟手機有什麼關係？」

「雲林養鴨場的女主人要是找不到我們家，會打我的手機，所以手機一定要保持收訊良好。」

我看了一下手機，然後還給爸爸。

「手機收訊正常，不過……」我停頓了一下，賣個關子，「有一個地方不正常，非常不正常。」

「哪裡不正常？」爸爸顯得很緊張。

「你！」我說：「你不正常，非常不正常。」

「我哪裡不正常？」

「全身上下都不正常。」

我說：「爸爸一定是動了凡心。」

「胡說！」爸爸靦腆的笑了，「你誤會了，是這樣子的，她這一趟過來，除了送小狗之外，還有一些其他的正事。」

「正事？不是鴨子就是小狗，還會有什麼正事？」

「等談成了再告訴你們。」

這時門外響起汽車聲，爸爸急急跑出去，果然是雲林養鴨場的女主人到了，我卻幾乎認不得她，一身粉紅色的套裝，配上黑底的高跟

鞋，頭髮燙得高雅別致，雖然只是略施脂粉，卻顯得雍容華貴，和前一段時間在雲林養鴨場，穿著工作服的情況，簡直判若兩人，想必也是經過一番打扮才來的，一下車就是大包小包的禮物，笑吟吟的說：

「我還以為這個地方多難找，只不過問了兩次就找到了。」

「我還在想，假如找不到的話，打手機過來，我會去接妳。」

接下來就是一連串的應酬話，妹妹對禮物不感興趣，等爸爸把話說夠了，才挨近雲林養鴨場女主人的身邊說：

「我的小狗呢？」

「唉呀！只顧說話，把小狗都忘

了。」這位女主人到車上取下一個狗籠子，裡面有一條米黃色的小狗。

「這是拉不拉多導盲犬，很聰明的。」說著又掏出一張紙，「這是血統證明書，可是一條名犬喔。」

「快說謝謝邱阿姨。」爸爸在一旁提醒。

經爸爸這麼一說，我到今天才知道原來她姓邱，以前都一直以「雲林養鴨場的女主人」來稱呼她。

「謝謝邱阿姨。」妹妹很有禮貌的說：「請問小狗叫什麼名字？」

「還沒有取名字呢，妳來決定好了。」

「我要想一想。」

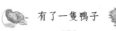

這一頓飯吃得雖然有點彆扭，但是爸爸談笑風生，讓氣氛不致太尷尬，邱阿姨每吃一道菜，就讚美爸爸的菜做得棒，全部是「色香味具全啦！」「新好男人啦！」「很合我的口味！」之類的話，也讓爸爸樂歪了。

吃過飯之後，爸爸和邱阿姨相約走到池塘邊，對著果園和池塘指指點點，時而呵呵笑個不停，時而面色凝重。

「大龍！」爸爸突然叫我，「把皮尺拿過來。」

「知道了。」

我以最快的速度跑回家，拿皮尺給爸爸，爸爸要我拉住皮尺的一端，丈量果園和水田的長寬。

我有一個預感，家裡可能發生重大的變化，可是卻又說不上來，妹妹卻只顧逗著小狗玩，我覺得好孤單。

整個下午的時間，爸爸和邱阿姨都在池塘和果園附近打轉，有時拿出尺丈量，有時拿出紙筆計算，商量了好久，這時，我也才相信他們確實有重要的事情商談，我是小孩子，在他們還沒有決定之前，不方便過問。

夕陽把天邊都染紅了，成群的倦鳥也陸續回巢，在果園斜長的樹影中，我看到爸爸和邱阿姨的身影越靠越近。

在爸爸一再的挽留下，邱阿姨決定吃完晚餐才回雲林，吃晚餐的時候爸爸才說：

「我們這塊果園荒廢好久，實在很可惜，邱阿姨想利用這塊地養鴨子，過幾天就要動工興建鴨寮了。」爸爸說。

「是這樣子的。」邱阿姨趕緊把話接下去，「原本雲林那塊地，是向別人租來的，主人最近要收回去，無法再養鴨子了，你們這塊地夠大，地勢平整，水源充足，是非常理想的養鴨場所，所以跟你爸爸商量，想把雲林的鴨子都搬過來。」

「全部的鴨子都搬過來嗎？」

我睜大了眼睛，簡直不敢相信，那天到雲林養鴨場，所看到彷彿是千軍萬馬的鴨群，又浮現在眼前。

「全部。」邱阿姨肯定的說。

「天呀！」我說：「我們成了養鴨人家。」

才不過兩三天的時間，推土機和怪手把果園和水田夷為平地，然後開始搭建起整齊美觀的鴨寮，這段時間雲林養鴨場的女主人邱阿姨，大部分的時間南北兩邊跑，又要督導新竹這邊的工程進度，又要回雲林照顧上萬隻的鴨子，爸爸在下班的時間，或是假日的時候也會前往幫忙，有時候可以看見爸爸和雲林養鴨場的邱阿姨，經常一起討論規劃設計，爸爸臉上泛出愉悅的神采，這是媽媽過世之後，多年不曾見到的景象。

一向敏感的我，覺得爸爸這種不尋常的轉變，意味著有事情要發生了。

10

儼然專家

那天放學回家，急忙到鴨寮去探望幾隻母鴨，因為根據紀錄表，母鴨孵蛋已經三十幾天了，接近雛鴨出生的時間，果然在鴨窩裡頭，米黃色的雛鴨陸續破殼而出，樣子十分可愛，

我趕緊用數位相機拍攝珍貴的鏡頭，這真是令人興奮的時刻，我想把這個消息告訴爸爸，不巧的是，這個時候來了幾部大型卡車，他正和邱阿姨忙著迎接來自雲林上萬隻的鴨群。

「爸爸！」我扯扯他的衣角，「小鴨已經破殼而出了。」

「是嗎？我正好在忙。」

「爸爸！小鴨要吃什麼？」

「等一會吧，等我有空的時候，會和邱阿姨一起處理。」

爸爸忙得滿頭大汗，無暇照顧這幾隻剛出生的醜小鴨，我有點失望，我以為在爸爸和邱阿姨眼中，這幾隻小鴨和宛如千軍萬馬的鴨群比起來，根本微不足道。

我回頭找妹妹，她正在後院逗著取名為「羅蘋」的小狗玩樂，雲林整批鴨群搬遷過來，和母鴨已經孵出小鴨的事情，好像都引不起她的興趣。

「妹妹！」我說：「爸爸和邱阿姨有了千軍萬馬，不會再注意到『二號小船』、『三號小船』，還有一大群剛出生的小小船了。」

「喔，什麼『馬』？」

妹妹正在教「羅蘋」坐下和臥倒，一遍又一遍。

「千軍萬馬。」

「我們什麼時候又要養『馬』了？」

妹妹顯得心不在焉。

「不是真的養馬，只是比方，養的仍然是鴨子，把一大群的鴨子比方成千軍萬馬。」

「我以前問過你『比方』是什麼意思？你一直說不清楚，現在又把鴨子比方成『馬』，我更糊塗了。」

「妳還記得三號、四號、五號……小船嗎？」

「記得呀！」

「小鴨出生了。」我有一點生氣，大聲的說：「爸爸和邱阿姨在忙那幾千隻鴨子，妳玩小狗，所有的小船、小小船都被遺忘了。」

妹妹被我震怒的聲音嚇呆了，停止教「羅蘋」做動作，有點不知所措，可能從來沒有看過我生那麼大的氣。

「我也在忙啊！」過了半晌，妹妹才小聲的說。

「妳在忙什麼？」

「我正在教『羅蘋』坐下、臥倒。」妹妹一臉的無辜，「我希望牠趕快學會警犬的本領，和『亞森羅蘋』一樣的勇敢。」

妹妹正在看「亞森羅蘋」偵探小說，所以才把小狗取名為「羅蘋」。

「牠是一隻導盲犬，不是警犬。」

「我不管牠是什麼犬，只要會抓小偷就好。」

「目前訓練小狗不是那麼重要，重要的是三號小船、四號小船、五號小船……都孵出了小小船，卻沒有人照顧。」

「母鴨不會照顧嗎？」

「應該會吧！可是……」

「可是什麼？」

「我曾經聽爸爸說，池塘邊那棟克難式的鴨寮，在新式鴨寮完工以後就要拆掉，以後小船、小小船就沒有地方住了。」

「有那麼嚴重嗎？」

「當然有囉。」我想了一下說：「最起碼小鴨要吃東西呀？我根本不知道小鴨要吃什麼？」

「剛出生的時候不都是吃母鴨的奶嗎？」

「我會瘋掉。」我真是哭笑不得，「母鴨哪有奶呀？小狗、小貓這些哺乳類，剛出生才是吃母奶。」

「鴨子是什麼類？」

「我哪知道鴨子是什麼類？」我嘆了一口氣，「我現在是欲哭無『淚』。」

「喔，我懂了。」

「妳懂什麼？」

妹妹把「羅蘋」送回狗籠裡頭，拉著我的手說：「我現在陪你去看小船、小小船，你就不會掉眼淚，有福同享，有難同當。」

我和妹妹回到池塘邊，卻嚇了一大跳，整座鴨寮都被拆掉了，幾個工人正在收拾地上的垃圾，「二號小船」和所有的母鴨都不見了，當然連那些剛出生的小鴨也都不見了，地上只剩一些破殼，爸爸之前所做的鴨窩空蕩蕩的。

「這是怎麼一回事？」我說。

「你確定小鴨都出生了嗎？」妹妹以懷疑的口吻問。

「我確定！」我大聲的說：「我還用相機拍攝破殼而出的過程，

一連拍了很多張，小鴨的羽毛是米黃色的，很可愛。」

「會不會是母鴨帶牠們出去玩了？」

「不可能的，牠們才剛出生，走路都不穩，況且池塘裡頭，」我指著寬闊的池塘說：「連一隻鴨子的影子也沒有看到。」

「會不會是爸爸和邱阿姨抓走了？」

「有可能。」

我們才剛走出鴨寮，就聽見爸爸大聲呼喚我們，我和妹妹三步併兩步跑過去，在新建美觀的鴨寮裡頭，看見和原先在雲林養鴨場相同的設備。

「這裡是雛鴨飼養室。」爸爸指著一大群小鴨說：「這些都是三號小船、四號小船、五號小船……剛孵出的小鴨，在這裡頭溫度、溼度自動控制，小鴨的存活率比較高。」

「喔。」看到小鴨活蹦亂跳的模樣，我才啞然失笑，剛才實在是太多心了。

「雛鴨出生以後立刻做雌雄鑑別。」爸爸指著分開不同區域飼養的雛鴨說：「雌雄分開飼養，兵分兩路，因為用途完全不同。」

我只有點頭的份。

「這是雛鴨專用的飼料。」

爸爸指著一包包的飼料說：「從小鴨到成鴨出售，配合每一個階段的成長，使用的飼料都不相同。」

「鴨子和人一樣，出生以後要接受預防注射，避免疾病傳染。」

爸爸想了一下又說：「出生七至八天要剪爪，避免小鴨互相踐踏而受傷。」

「好像有一點複雜。」我說。

「要注意的事情多呢！」爸爸一本正經的說：「大約二十一天要剪翅，二十八天要剪喙，『喙』就是尖尖的嘴角，避免鴨子互相啄毛。」

爸爸儼然以專家的口吻在講解，我忽然想起，大約兩個月之前，我們到雲林養鴨場的時候，爸爸比手畫腳，敘述要買的是紅面番鴨，而不是一般的白鴨，卻說不清楚的那一幕，不自覺地笑了出來。

「笑什麼？」爸爸問。

「祕密！」我說。

我扯扯爸爸的衣角，小聲的問：「邱阿姨會不會成為我和妹妹的新媽媽？」

「祕密！」爸爸說。

「又是祕密。」妹妹說。

11

天知道

同樣是一個令人印象深刻的星期日早晨，我還在睡夢中，卻被敲門聲驚醒，接著是一連串熟悉的尖叫聲。

「怎麼養了那麼多鴨子？嚇死人了！」

那不正是金水婆婆的聲音嗎？再熟悉不過了，我趕緊爬起來，爸爸和妹妹也趕到庭院。

「妳什麼時候回來的？怎麼沒有通知我們？好讓我們到機場接妳。」

爸爸趕緊趨前問候，我的一顆心卻忐忑不安，因為當初她託我們照顧

的那隻紅面番鴨不見了，儘管現在鴨寮裡頭多的是紅面番鴨，畢竟不是當初的那隻。

「我問你。」金水婆婆提高了聲調，「這是怎麼一回事？我只不過出國兩三個月，全都變了樣。」

「說來話長。」爸爸帶著歉疚的口吻說：「當初妳託我們照顧的鴨子不見了，真是抱歉……」

「不見了？」金水婆婆

一臉的疑惑，「我正要謝謝你們哩。」

「是這樣子的。」爸爸一邊說一邊比手畫腳，說明鴨子失蹤的過程。

最後爸爸說：「我現在有很多紅面番鴨，妳高興抓幾隻回去都可以，算是我們照顧不周賠償妳的。」

「你越說我越糊塗了，你到我家裡去看看。」

金水婆婆拉著爸爸回她的老家，我和妹妹也好奇的跟在後頭，到了金水婆婆的家，在鴨寮裡頭，我們看到了暌違已久的「一號小船」，雄赳赳地在鴨寮閒逛。

金水婆婆說：「昨晚我從美國回來，發現鴨子好端端地在鴨寮裡頭，我是特地過去向你們道謝的。」

「原來『一號小船』並沒有失蹤，妳出國一個禮拜，鴨子就回到老家了，難怪我們找了好久都找不到，還以為被人偷走，成了一鍋薑母鴨，咦？」爸爸停頓了半晌，想了一下說：「鴨子吃什麼呢？怎麼不會餓死？」

金水婆婆說：「鴨寮裡頭還有好幾包飼料，我要離開的時候，不是叫你過來拿嗎？」

金水婆婆指著我說：「你沒有過來拿，剛好夠一隻鴨子吃上幾個月。」

「我？」

我努力回想，當初金水婆婆臨走前，似乎說過她家還有幾包飼料，不過散了一地，要爸爸過去拿的時候，多帶幾個塑膠袋，可是我沒有在意，「一號小船」失蹤後，我壓根兒都沒有想到，鴨子會回到原來的鴨寮。

「這一切都是從一個美麗的錯誤開始。」爸爸習慣性摸摸他已經變得光滑的下巴：「假如『一號小船』沒有失蹤，也就不會有『二號小船』……」

爸爸搖頭晃腦，好像在自言自語，「假如沒有『二號小船』，當然也就不會有三號、四號、五號……小船。」

「假如沒有這些小船……」

「我不管幾號小船。」金水婆婆打斷爸爸的話，「我很想知道，你們怎麼會突發奇想，養了上萬隻的鴨子？這是怎麼一回事？」

這是怎麼一回事？

我卻在想：金水婆婆還不知道，除了上萬隻的鴨子，還有一個邱阿姨，否則她的嘴巴會張得比鴨子還大，叫得比鴨子還大聲。

至於這是怎麼一回事？只有天知道！

看的是書，讀的卻是全世界（後記）

《有了一隻鴨子》經過八年之後又重排新版了，對我而言，彷彿看到孩子再一次脫胎換骨、成長茁壯，內心感覺無限的歡喜，感謝九歌出版社大力推薦、感謝大、小朋友的喜愛、感謝不斷給我掌聲的人，為孩子寫故事一直是我的最愛，儘管有時候因為各種因素的影響，沒有形之於文字或出版，但是藏在心中的夢想，始終不曾減低分毫。

也許《有了一隻鴨子》是以比較輕鬆、詼諧的口吻去描述，獲得小朋友熱烈的迴響，也因此有機會到許多學校，和小朋友面對面聊這本書的內容、談寫作經驗，鼓勵他們大量閱讀優良兒童文學作品，我喜歡到班級裡頭，和同一個班級的小朋友們閒話家常，原因是因為老師既然會邀請我去，這個班級的小朋友大多數看過這本書，或者我寫的其它幾本書，聊起來有比較能聚焦，有時候討論熱烈，已經到了下課時間仍然欲罷不能，那種成就感是無法言語形容的。

若是在大型禮堂幾百人坐在那兒，好像只是為辦一場「與作家有約」，拍些照片虛應故事，就不是我期待的。

有時候邀請我去的學校是在離我家兩、三百公里的山巔或海邊，我帶著許多獎品前往，下課之後把學校給我的鐘點費、車馬費原封不動還給學校，做為推廣閱讀之用，金額雖然不多，回家的途中迎著山巔的霧氣，或是鹹鹹的海風，一路哼著無名小調，內心感覺非常充實，人的一生總是要做一件不是為錢的事。

在討論過程當中小朋友提出的問題五花八門，有些顯然事先做了功課，不僅針對《有了一隻鴨子》的內容提問，也會拿我的幾本童書作比較，讓我十分驚訝，小朋友最感興趣的問題有兩個：

一是這個故事是不是真的？養鴨子確實是童年真實的經驗，從雛鴨、小鴨、大鴨，然後宰殺，年復一年，數量雖然每回只有數十隻，卻深深烙印在我的腦海中，每次經過烤鴨店，看見許多鴨子被懸掛在支架上，都會讓我想起在河邊淺水灘、草地相互追逐的鴨群，至於故事的內容則是「融合體」，每一滴淚水、每一串笑聲、每一張臉龐，都是一個故事，在真實世界裡頭，每個人都是故事裡的主角。

另外一個問題是「爸爸和邱阿姨有沒有結婚？」，我只能告訴他們，故事不一定有結局，也不是如傳統童話一定是「王子和公主從此過著幸福快樂的日子」，留下寬廣的想像空間。在我目前服務的新竹縣博愛國小，我每個月都為孩子寫一篇小故事，有時候和孩子們玩「故事接龍」的遊戲，故事只寫一半，另一半由小朋友接下去完成，小朋友的想像力可以說海闊天空，令人驚豔。

在我離開的時候，我除了鼓勵他們大量閱讀之外，還送給小朋友一句話：有兩樣東西是別人搶不走的，一是讀進大腦的書；一是藏在心中的夢想，孩子看的是書，讀的卻是全世界，我們相信一本書可以改變孩子的一生，也相信好的閱讀策略可以改變一所學校的氛圍，期待每一個孩子都能擁抱書本、擁抱夢想，將知識化為力量，帶著夢想一起飛揚。

再一次感謝喜歡這本書的朋友、感謝所有關心我的人，有你們真好！

呂紹澄　寫於新版之後

延伸閱讀：

春江水暖鴨先知

王妍蓁

受人之託，忠人之事。壞就壞在一個惺忪睡眼的早晨，隔壁「鴨霸」（註1）的金水婆婆因為要出國探親，抱了一隻鴨子硬要大龍照顧，大龍實在是「鴨子聽雷」（註2），可憐的他與爸爸、妹妹三個「生命共同體」啞巴吃黃蓮，只得心不甘、情不願展開「七月的鴨子不知死活」（註3）的「養鴨生涯」。

爸爸父兼母職，還要幫紅面番鴨「一號小船」搭建鴨寮，誰知「小船」竟

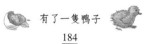

然失蹤，倘若金水婆婆返國發現「煮熟的鴨子飛了」（註4），有難同當的這家人，恐怕只能「去蘇州賣鴨蛋」（註5）了。

兄妹倆隨著爸爸遠征雲林買分身鴨，養鴨場的邱阿姨與爸爸王八配綠豆居然對上了眼，鴨子成為父親新姻緣的媒介，這應是美麗的開始，美好的遠景：爸爸動了凡心「鴨子划水」（註6），家中鴨族成員陸陸續續加入了「二號小船」、「三號小船」……，並且與邱阿姨兩人即將攜手企業化經營，飼養上萬隻鴨群。

但是鴨子的功能對大龍一家而言並不只這些，有一天老師要小朋友帶寵物到學校觀察，大龍的妹妹輸人不輸陣，硬要「打鴨子上架」（註7），要求哥哥想辦法，讓她牽著鴨子像遛狗般搖搖擺擺上學去。

有求必應的大龍，讓鴨子穿上自己的舊背心，套上麻繩，由妹妹牽著逛大街，引起路人側目，媒體記者聞風而至。妹妹「鴨子上岸」（註8）落落大方上了電視，還「死鴨子硬嘴胚」（註9）對吳老師說鴨子是她的寵物。鴨子也能麻雀變鳳凰，「二號小船」旋風受到萬眾矚目，也搶盡了其他寵物的風采。

爸爸建議大龍以最鮮活的教材，將鴨子孵蛋及生長過程記錄拍攝下來，參加網頁競賽，因為這是比課本知識更加寶貴的；如果再加上鴨子的生物知識，就更能豐富網頁內容。你能想像鴨子上下都有用處嗎？鴨絨衣、鴨絨被，即是運用牠濃密的羽毛，將空氣貯存在其中的隔熱作用道理所製成；而深得老饕喜愛的宜蘭鴨賞、北京烤鴨、板鴨，冬令進補、帝王食補的「薑母鴨」、「紅面鴨」，往往令人大快朵頤。

千金難買早知道，直待金水婆婆返國，才知道一切是「鴨子孵小雞」（註10），「一號小船」非但沒失蹤，還在鴨寮裡「鴨絨被裹屍體」（註11），日日天地任遨遊，快樂似神仙。美夢成真，由一隻鴨子到上萬隻鴨子，讓人瞠目結舌，還真是「鴨棚老漢睡懶覺」（註12），始作俑者金水婆婆一定是張開大嘴「鴨吃大椒」（註13）了！

附註：有關鴨子的俗諺及歇後語，衍生義如下：

1鴨霸：閩南語發音，為方言之一種，惡霸之意。

2鴨子聽雷：閩南俗語，春雷響起時，鴨子被嚇著時會抬頭靜止不動，引申為聽不懂。

3七月的鴨子不知死活：從年初養到七月半的鴨子，是中元普渡的祭品，但無知的鴨子，不知死期將至。後指一個人懵懂無知，不知事態嚴重。

4煮熟的鴨子飛了：比喻本來已經十拿九穩到手的東西，又失掉了。

5去蘇州賣鴨蛋：臺灣民俗中，親人去世時，有「拜腳尾飯」習俗。在飯上放一個鴨蛋，結合「到蘇州」、「鴨蛋」，隱喻為人之去世；但這裡指事態嚴重，別想活了。

6鴨子划水：水面上文風不動，水面下卻很賣力划動。形容雖然在看不到的地方，卻很努力或是動作頻頻。

7打鴨子上架：勉強別人做能力不及的事。

8鴨子上岸：形容鴨子上岸時，會將羽翎抖動一下，讓水滴濺。此處以視覺摹寫，解為得意洋洋狀。

9死鴨子硬嘴胚：本意為犯錯而死不認錯。文中妹妹面對吳老師的質問，是要帶寵物到校，怎麼帶隻鴨子來學校？嘴硬回答鴨子就是她的寵物。

10鴨子孵小雞：白忙活一場。

11鴨絨被裏屍體：舒服極了。

12鴨棚老漢睡懶覺：不簡單（撿蛋）。

13鴨吃大椒：直搖頭。

尋鴨記：有關「鴨子」的書目

每個人小時候，一定耳熟能詳「母鴨帶小鴨」這首兒歌，「呱……呱……，游來游去真快樂，就是母鴨帶小鴨 。」母鴨搖擺帶著可愛的小鴨列隊通行，充滿童趣的畫面，在美國凱迪克金牌獎圖畫書《讓路給小鴨子》中靈活靈現。還有一些以鴨子為主角的故事書中，鴨子展現了吃苦耐勞的韌性，面對生活中的磨鍊，或樂觀面對新環境等，以下幾本書，你都可以找來閱讀，想一想你最喜歡哪一隻鴨子呢？原因是什麼呢？

1《寶兒：穿背心的野鴨》（*Borka*）約翰・伯寧罕（John Buringham）著，宋珮譯，台灣東方出版社股份有限公司

2《讓路給小鴨子》（*Make way for ducklings*）羅勃・麥羅（Robert McCloskey）著，畢璞譯，國語日報社

3《穿紅背心的野鴨》夏婉雲著，國語日報社

4《可憐的鴨子》（*Farmer Duck*）馬丁・威朵（Martin Waddell）著，林芳萍譯，台灣麥克股份有限公司

九歌少兒書房 137

有了一隻鴨子

著者	呂紹澄
繪者	那培玄
責任編輯	鍾欣純
發行人	蔡文甫
出版發行	九歌出版社有限公司 台北市105八德路3段12巷57弄40號 電話／02-25776564・傳真／02-25789205 郵政劃撥／0112295-1
九歌文學網	www.chiuko.com.tw
印刷	晨捷印製股份有限公司
法律顧問	龍躍天律師・蕭雄淋律師・董安丹律師
初版	2004（民國93）年7月
增訂新版	2012（民國101）年10月
定價	**260元**

書號	0170132
ISBN	978-957-444-845-6

（缺頁、破損或裝訂錯誤，請寄回本公司更換）

國家圖書館出版品預行編目資料

有了一隻鴨子 / 呂紹澄著 ; 那培玄圖. --
增訂新版. -- 臺北市 : 九歌, 民101.10
面 ;　公分. -- (九歌少兒書房 ; 137)
ISBN 978-957-444-845-6(平裝)

859.6　　101016515